바빠
가족

강정연 글 정진희 그림

바람의아이들

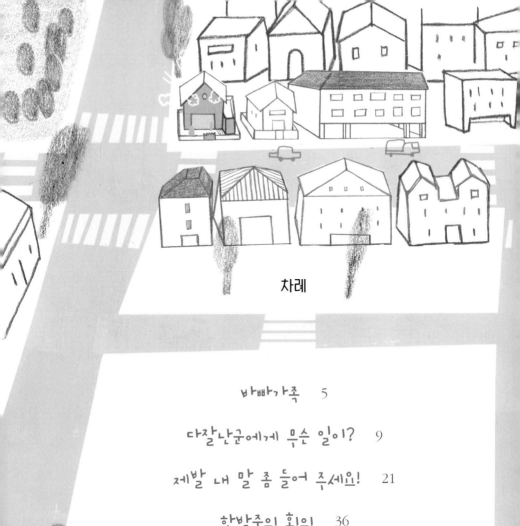

차례

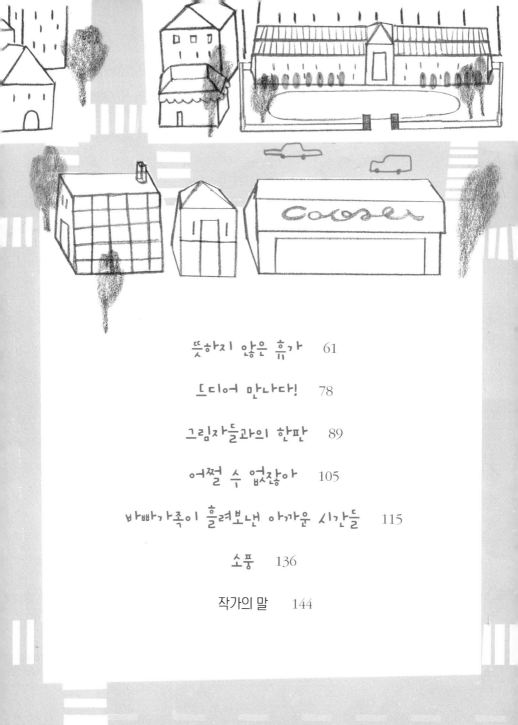

바빠가족

즐거운시 행복구 여유로 82번길 가장 끝 집에 유별난 가족이 살고 있다. 생긴 모습은 보통 사람들과 다를 게 없지만, 사는 모습이 무척 독특해서 동네 사람들 가운데 그 가족을 모르는 이가 거의 없다. 그 가족이 바로 '바빠가족'이다.

바빠가족은 '비교해씨', '유능여사', '우아한양', '다 잘난군' 이렇게 모두 네 식구다.

비교해씨는 아침에 눈을 뜨자마자 핸드폰으로 유

튜브 속 주방을 보며 이쪽저쪽을 뛰어다니면서,

"'살림하는 아빠'네 주방이랑 비교하면 우리 집 주방은 쓰레기통이야! 정리 좀 해야겠어! 바쁘다, 바빠!"

유능여사는 한 손으로는 노트북을 챙기고 다른 한 손으로는 머리를 빗으면서,

"오늘은 우리 이사님이랑 아침에 티타임 갖기로 했는데. 이러다 늦겠다. 바쁘다, 바빠!"

우아한양은 한 손에 시집 한 권을 들고 이 층 계단을 내려오면서,

"어쩌지? 우아한 중학생이라면 아침마다 시 한 편씩은 외워야 하는데. 바쁘다, 바빠!"

다잘난군은 가방을 둘러메고 현관을 나서면서,

"가장 먼저 교실에 도착해서 창문을 열어 놓아야 하는데. 누가 나보다 먼저 오면 어떡하지? 바쁘다, 바빠!"라고 투덜댄다.

"살림하는 아빠"

보아하니 바빠가족 모두 늦잠을 잤을 거라고? 천만에! 바빠가족은 절대로 늦잠을 자지 않는다. 바빠가족은 하루도 빠지지 않고 아침 여섯 시에 일어나 하루를 시작한다. 그런데도 바빠가족은 모두 똑같은 말을 입에 달고 다닌다.

바로 이 말.

"바쁘다, 바빠!"

그런데 어느 날부터 바빠가족이 안 바빠졌다. 도대체 그들에게 무슨 일이 일어난 걸까?

다잘난군에게 무슨 일이?

    그 괴상한 것을 가장 먼저 발견한 이는 바로 다잘
난군이다.

    그날 역시 다잘난군이 학교에 가장 먼저 도착했다.
다잘난군은 당당하게 교실 문을 열고 들어섰다. 그러
고는 서둘러 모든 창문을 열고 퀴퀴한 공기를 밖으로
내보낸 다음 큰 숨을 한 번 들이쉬었다 뱉었다.

    "역시. 우리 반을 상쾌한 공기로 가득 채울 사람
은 나뿐이지."

다잘난군은 교실을 한 번 휘 둘러보았다. 창가에
시든 화분들이 눈에 띄었다.

"내가 아니면 누가 물을 주겠어? 그런데 저 많
은 화분에 물을 언제 다 주지? 바쁘다, 바빠!"

다잘난군은 자리에서 일어나 물뿌리개를 들
고 한 술로 앉아 있는 화분에 물을 주었다. 물뿌
리개가 생각보다 무거웠는지 끙! 하는 소리가 났다.

그러던 중 교실 문이 열리는 소리가 났다. 다잘난

군은 그가 누구인지 돌아보지 않아도 알 수 있다. 그는 바로 이번 주 창문 당번이다.

"어이! 다잘난군! 오늘도 일등으로 왔구나? 나 대신 창문 열어 줘서 고마워!"

곧이어 또 다른 이가 들어왔다. 역시 발소리만 들어도 누군지 알 수 있다. 이번엔 화분 당번.

"어! 화분에 물 주는 건 내 당번인데. 다잘난군, 이제 내가 할게. 물뿌리개 이리 줘 봐."

11

화분 당번이 미안한 얼굴로 다잘난군에게 말을 건 넸다. 하지만 다잘난군은 한심하다는 듯 대꾸했다.

　"야! 너희들은 맡은 일이 있으면 좀 더 서둘러서 와야 하는 거 아니야? 내가 없었으면 어쩔 뻔했어? 도대체 언제까지 내가 이런 일을 해야 하느냐고!"

　다잘난군은 침까지 튀겨 가며 창문 당번과 화분 당번에게 잔소리를 퍼부어 댄 뒤, 빈 물뿌리개를 들고 화장실로 바쁘게 뛰어갔다. 이제는 당번이 하도록 그냥 둘 수도 있지만 느려 터진 녀석들이 물을 받아 올 때까지 기다리느니 차라리 자기가 하는 편이 낫다고 생각했다. 다잘난군은 물뿌리개에 물을 받아 교실로 돌아왔다. 그사이 당번들은 어디로 갔는지 사라지고 없었다.

　"분명히 축구하러 나갔을 거야. 축구에 내기 빠지면 안 되지. 내가 빠지면 틀림없이 질 테니까."

　다잘난군은 문득 급한 마음이 들어 창밖으로 반쯤

몸을 내밀고 당번들을 찾았다. 그런데 다잘난군 눈에 먼저 띈 것은 당번이 아니라 운동장에서 뒹굴고 있는 하얀 비닐봉지였다.

"운동장에 저런 쓰레기가 뒹굴고 있다니. 내가 아니면 아무도 줍지 않을 거야. 저걸 또 언제 줍는담? 바쁘다, 바빠!"

다잘난군은 서둘러 운동장으로 달려 나갔다. 그사이 누군가 하얀 비닐봉지를 주워 들고 있었다.

"야! 그건 내가 할 일인데!"

다잘난군은 성큼성큼 그에게 다가가 비닐봉지를 휙 낚아챘다.

"내가 아니면 운동장을 깨끗이 관리할 사람이 없지."

다잘난군은 수업 시간이 되기 전까지 운동장 곳곳에 있는 휴지들을 다 줍겠다고 다짐하고는 휴지를 줍는 데에 온 정신을 다 쏟았다.

그런데 그때, 뭔가 이상한 것이 다잘난군 눈에 들어왔다. 이상하다 못해 괴기스럽기까지 한 그것! 그건 그렇게 괴상한 모습으로 다잘난군 발끝에 붙어 있었다.

그림자! 이상한 것은 바로 다잘난군의 그림자였다!

다잘난군은 분명히 열두 살 남자아이인데, 발끝에 붙어 있는 그림자는 곰처럼 커다란 덩치에 폭탄 머리를 하고 있었다. 이게 말이나 되는 일인가? 다잘난군은 자기 눈이 의심스러워 몇 번이고 다시 확인했다. 하지만 아무리 눈을 크게 뜨고 봐도 이 끔찍한 그림자는 다잘난군 발끝에서 사라지지 않았다.

다잘난군은 갑자기 겁이 덜컥 났다. 무서운 건 둘째치고라도 누군가 이 이상한 그림자를 보면 안 될 것 같다는 생각이 들었다. 만약 그렇게 된다면, 분명 다잘난군을 귀신이나 괴물로 여길 게 틀림없다. 실은 다잘난군 자신도 잠깐이나마 그런 생각을 할 정도였으니까.

다잘난군은 얼른 고개를 들어 주위를 둘러보았다. 그때 다잘난군 앞으로 축구공이 날아들었다. 뒤이어 아이들 가운데 한 명이 공을 줍기 위해 다잘난군 쪽으로 성큼성큼 다가오고 있었다.

"거기 멈춰! 내가 던져 줄게!"

다잘난군은 멈춰 선 아이들에게 공을 던졌다. 그러고는 서둘러 교실로 뛰어 들어갔다. 교실에서는 그림자가 생기지 않을 테니까.

아이들은 다잘난군의 뒷모습을 보며 그 자리에 놀라 멈추었다. 다잘난군이 축구에 끼어들지도 않고 공만 던져 주고 가는 게 이상했기 때문이다.

'도대체 어떻게 된 거야! 그 괴상한 그림자는 뭐지? 내 진짜 그림자는 어디로 간 거야?'

다잘난군은 그림자 생각으로 머리가 터질 듯했다.

"다잘난군! 수업 시간에 왜 그렇게 멍하게 있지?

다잘난군!"

다잘난군은 선생님이 세 번쯤 불렀을 때에야 겨우 정신이 들어 얼른 자세를 고쳐 앉았다. 한편, 반 아이들은 '멍하게'라는 선생님의 말에 무척 놀라는 눈치였다. 이내 여기저기서 쑥덕대기 시작했다.

"다잘난군이 수업 시간에 '멍하게' 있었다고? 말도 안 돼."

이제껏, 모든 수업 시간을 통틀어 가장 바쁜 사람은 당연히 다잘난군이었다. 모든 발표와 모든 질문과 모든 대답은 오로지 다잘난군의 몫이었다. 게다가 다잘난군은 선생님의 설명을 모두 외워 버리겠다는 듯이 공책에 적고 또 적어 댔다. 그리고 가끔은 진짜로 허공에 대고 뻐끔뻐끔 무언가를 외우기도 했다. 다잘난군은 단 일 분도 멍하게 있어 본 적이 없다. 그런 다잘난군이 선생님한테 수업 중에 '멍하게' 있었다고 혼이 난 것이다.

다잘난군도 자신이 '멍하게' 있어서 혼이 났다는 사실에 무척 당황한 나머지 선생님한테 솔직하게 그림자 얘기를 할까도 생각했다. 하지만 이어지는 누군가의 말을 듣고, 그럴 마음을 싹 지워 버렸다.

"다잘난군 얼굴 좀 봐, 제정신이 아닌 것 같아!"

다잘난군이 만약 그림자 얘길 꺼냈다면 진짜 정신 나간 애 취급을 당했을 것이다. 다잘난군은 선생님께 죄송하다는 뜻으로 어색한 웃음을 지어 보이고는

다시 수업에 집중하려고 애를 썼다.

"다잘난군까지 수업 시간에 멍하게 있으면 어떻게 하나?"

비록 어색했지만 처음으로 웃음을 짓는 다잘난군에게 선생님이 다정하게 말했다. 다잘난군은 그 뒤로도 그림자 생각을 떨쳐 버리지 못해 이따금씩 멍하게 있곤 했다. 아이들이 모두 다잘난군을 흘끔거리는 것도 모른 채 말이다.

다잘난군은 수업이 끝나자마자 가방을 대충 챙겨
맨 먼저 교실을 나갔다. 반 아이들은 다잘난군의 모
든 행동이 이상하기만 했다. 다잘난군이 저렇게 가
버리면 책상 정리는 누가 하고, 거울은 누가 닦고,
분실물은 누가 찾고, 교실 문은 누가 닫고 간단 말인
가! 게다가 게시판은 누가 꾸미고, 합창 지휘는 누가
하고, 학급 도서 목록 정리는 누가 한단 말인가!

　　하지만 다잘난군은 뒤도 돌아보지 않고 집을 향해
뛰어갔다. 아이들에게 자기 발끝에 붙은 이상한 그
림자를 발견할 틈을 주지 않기 위해서이기도 했고,
그림자 이야기를 털어놓을 수 있는 사람들은 역시
가족밖에 없다는 생각이 들어서이기도 했다.

　　그러나 과연 바빠가족이 다잘난군 이야기를 들어
줄 시간이 있을까?

제발 내 말 좀 들어 주세요!

다잘난군은 집으로 뛰어가는 동안에도 자신을 따라오는 그림자를 흘끔흘끔 돌아보았다. 좀 더 빨리 뛰어서 그 괴상한 그림자가 못 따라오게 하고 싶은 마음이 굴뚝같았지만 그 폭탄 머리에 커다란 곰 같은 그림자는 징그럽게도 떨어지지 않았다. 다잘난군은 숨이 턱까지 차올라 뛰는 것을 잠시 멈추었다. 물론 주위에 사람들이 없는 것을 확인하는 것도 잊지 않았다. 다잘난군이 몸을 숙여 숨을 고르니 그림자

도 따라서 몸을 숙여 숨을 골랐다. 다잘난군은 문득, 그림자가 많이 지쳐 보인다는 생각을 했다.

다잘난군이 집 안으로 들어섰다. 그런데 폭탄 머리에 커다란 곰 같은 아저씨가 바쁘게 일을 하고 있는 게 아닌가! 그 사람은 당연하게도 비교해씨다.

'혹시 아빠 그림자? 에이, 폭탄 머리인 사람이 한둘인가, 뭐.'

다잘난군은 일단 소파에 앉았다. 막상 비교해씨를 보니 어떻게 말을 꺼내야 할지 얼른 떠오르지 않

앉다. 비교해씨는 아침에 빨아 둔 빨래가 마음에 들지 않는다고 투덜대며 다시 빨래할 준비를 하고 있었다.

"도대체 이 얼룩은 왜 지워지지 않는 거야? 분명히 이 세제를 쓰면 눈부시게 새하얘진댔는데. '살림하는 아빠'가 한 빨래랑 너무 비교되잖아. 도대체 어떻게 빨아야 하는 거야?"

비교해씨는 빨래들을 물이 담긴 커다란 통에 넣고는 가스레인지 위에 올려놓고 불을 켰다.

"일단 푹푹 삶아 보자. 푹푹!"

그러고는 이번엔 얼굴까지 훤히 비치도록 깨끗한 그릇들을 다시 개수대에 몰아넣었다.

"일단 그릇들 다시 닦아야지. 얼룩이 조금이라도 보이면 안 돼. '살림하는 아빠'의 그릇들을 생각해 보라고. 얼마나 완벽한지!"

한쪽에서는 빨래가 '푹푹' 삶기고 있고, 한쪽에서

는 그릇들이 '뽀드득' 닦이고 있다.

다잘난군은 고개를 설레설레 저었다.

'아빠 그림자는 아닌 것 같아. 아까 그 그림자는 무척 지쳐 보였는데, 아빠는 저렇게 힘이 넘치는걸.'

어쨌거나 다잘난군은, 비교해씨와 어서 빨리 그림자에 대해 이야기를 나눠야 했다. 그러나 다잘난군은 여전히 시작할 말을 찾지 못하고 비교해씨 주위를 계속 맴돌았다. 하지만 비교해씨는 다잘난군이 마치 투명 인간이라도 되는 것처럼 전혀 개의치 않았다.

"아빠, 제 그림자가 이상해요."

비교해씨는 다잘난군의 말을 듣지 못했다. 어쩌면 일부러 안 들었을 수도 있다. 비교해씨는 설거지를 하느라 무척 바빴으니까.

다잘난군은 물이 끓는 소리와 그릇 부딪히는 소리가 너무 크다는 생각을 했다. 그래서 이번에는 좀 더

큰 목소리로,

"제 그림자가 이상하다고요! 전 머리도 짧고 작은 아이인데 지금 제 그림자는 폭탄 머리에 덩치가 곰처럼 큰……."

주먹까지 쥐고 큰 소리로 말을 시작했는데, 비교해씨가 '쿵' 하고 발을 구르는 바람에 그다음 말을 잊고 말았다. 대신 비교해씨의 우렁찬 목소리가 뒤를 이었다.

"다잘난군, 넌 안 바쁘냐? 아빠는 무척 바쁘단다. 어서 올라가서 산더미처럼 쌓여 있을 네 할 일이나 해라!"

다잘난군이 잔뜩 움츠렸다가 눈을 떠 보니 비교해씨는 물이 뚝뚝 흐르는 고무장갑을 낀 채 주먹을 꽉 쥐고 서 있었다. 이런! 바닥에 물이 흘렀다. 비교해씨의 할 일이 하나 더 생긴 거다.

"금방 깨끗하게 닦아 놓은 바닥인데 비눗물을 흘

리다니! '살림하는 아빠'가 보면 기절할 노릇이군."

비교해씨는 설거지하던 것을 멈추고 바닥을 닦는 데 열중했다.

다잘난군은 입이 부루퉁해져서 제 방으로 들어갔다. 들어가자마자 침대에 누웠다. 처음이었다. 아무런 일도 하지 않고 침대에 바로 누워 본 게. 다잘난군은 몹시 혼란스러워 어떤 일도 할 수 없었다.

'누나는 내 말을 들어 주겠지.'

다잘난군이 집에서 우아한양을 기다리는 것 역시 처음 있는 일이다.

얼마 지나지 않아 아래층에서 우아한양의 짜증 섞인 목소리가 들렸다. 다잘난군은 얼른 아래층으로 내려갔다.

"망했어! 오늘 노래를 부르다가 목소리가 쩍 갈라졌지 뭐야. 닭 소리처럼 말이야. 우아하지 못하게! 아이들이 나에게 얼마나 실망했을까?"

우아한양은 듣는 사람이 있든 없든 끊임없이 떠들어 대며 거실에 걸려 있는 커다란 거울 앞에 섰다. 그러고는 자기 몸을 이리저리 거울에 비추며 여러 가지 표정을 지어 보였다. 우아하게 웃기, 우아하게 찡그리기, 우아하게
깜짝 놀라기.

"역시 웃는 모습은 아직도 마음에 안 들어. 너무 가벼워 보인달까?"

우아한양은 한참 동안이나 거울 앞에서 웃는 연습을 했다. 그러다가 긴 머리를 하나로 묶어 돌돌 말아 올리더니 또다시 거울에 제 모습을 이리저리 비춰 보았다.

"아무래도 살이 조금 찐 것 같아. 볼살이 이렇게 통통하면 우아한 인상을 주긴 힘들지."

우아한양은 두 손으로 양 볼을 아주 세게 문질렀다. 손가락으로 비틀기도 하고, 꼭꼭 누르기도 하고…… 마치 오늘 안으로 볼살을 모조리 없애야겠다고 마음먹은 듯했다.

"아, 빨리 올라가서 노래 연습을 해야겠다. 아이들이 또 실망하게 할 순 없지."

우아한양은 아까부터 계단 끝에 서 있는 다잘난군에게는 눈길도 한번 주지 않고 이 층으로 뛰어 올라갔다. 다잘난군은 기회를 놓칠세라 우아한양에게 얼른 말을 걸었다.

"누나, 내 그림자가······."

"나, 바빠!"

그나마 다잘난군의 뒷말은 '쾅!' 하는 요란한 문소리에 묻혀 버리고 말았다.

이제 다잘난군에게 남은 사람은 오직 유능여사밖에 없다. 하지만 바빠가족 가운데 가장 바쁜 사람 또한 유능여사다. 일 때문에 거의 매일 늦게 들어오는 유능여사가, 집에서 다잘난군의 말을 귀담아들을 리 없다. 그렇다고 미리 포기할 수도 없는 노릇이다. 다잘난군은 이 괴상한 일을 혼자 알고 있는 게 너무 두려웠다.

다잘난군은 유능여사에게 전화를 걸기로 마음먹었다. 하지만 바쁜 유능여사가 집에서 온 전화를 받을 리가 있을까. 유능여사에게 몇 차례 전화를 걸던 다잘난군은 유능여사 회사로 직접 찾아가기로 생각을 바꿨다.

유능여사의 회사는 유명한 화장품 회사인데 버스로 여섯 정거장 정도의 그리 멀지 않은 곳에 있다. 시계를 보니 다섯 시가 조금 넘은 시간이다. 조금만 서두르면 유능여사가 퇴근하기 전에 만날 수 있을 것 같았다.

다잘난군은 밖으로 달려 나갔다. 다행히 해는 거의 다 져서 그림자 걱정은 하지 않아도 됐다. 버스를 타고 가는 동안 다잘난군 머릿속에는 많은 생각들이 오고 갔다.

'이렇게 직접 찾아갔는데, 설마…….'

다잘난군은 유능여사가 반드시 그림자 얘기를 들어 줄 것이라고 믿었다. 아니, 믿고 싶었다.

드디어 회사 앞에 도착했다. 다잘난군은 회사 안으로 들어가서 입구에 앉아 있는 경비 아저씨에게 물었다.

"유능여사가 아직 회사에 있으신가요? 저희 엄마예요."

"유능여사? 유능여사라면 벌써 퇴근했을 리가 없지. 김 이사님이 아직 퇴근을 하지 않았으니까. 아무튼 여기서 조금만 기다려 보렴."

다잘난군은 정말 '조금만' 기다렸다. 다잘난군이 일 층에 마련된 기다란 의자에 앉으려는 순간 엘리베이터 문이 열렸다. 경비 아저씨는 턱으로 유능여사가 나왔다는 것을 알려 주었다.

다잘난군은 의자에 앉으려던 걸 멈추고 발딱 일어섰다. 하지만 다잘난군은 유능여사를 한 번에 찾아내지 못했다. 엘리베이터에서 나온 사람들은 모두 세 명

이었는데 모두 비슷한 머리 모양에, 비슷한 키에, 비슷한 옷을 입고 있었기 때문이다.

아무리 그렇다 해도 자기 엄마를 찾지 못하다니! 다잘난군은 어찌할 바를 몰라 하며, 유능여사의 얼굴을 떠올리려 무진장 애를 썼지만 잘 되지 않았다. 그때, 다잘난군 귀에 익숙한 목소리가 들려왔다.

"이사님. 아까 회의 시간에 하신 말씀, 무척 감동적이었어요. 그 말을 듣는 순간 온몸에 전율이 흐르더라니까요. 오호호호!"

그러나 다잘난군이 그녀가 유능여사라는 확신을 갖기도 전에,

"유능여사 님!"

경비 아저씨가 먼저 유능여사를 불렀다. 유능여사가 걸음을 멈추자 경비 아저씨는 빨리 쫓아가 보라고 다잘난군의 등을 떠밀었다. 다잘난군은 쭈뼛쭈뼛 유능여사에게 다가갔다. 그런데 이게 웬일인가! 유능

여사는 힐끔 뒤돌아보더니 모른 척, 가던 길을 다시 가는 게 아닌가! 분명히 다잘난군과 눈이 마주쳤는데도 말이다. 다잘난군은 자기가 그랬던 것처럼 유능여사도 자기를 못 알아보는 건 아닌가 하는 생각이 들었다. 그래서 다잘난군은 그 자리에서 큰 소리로 유능여사를 불렀다.

"엄마!"

하지만 유능여사는 그저 이사님의 이쪽저쪽을 왔다 갔다 하며 이사님 칭찬을 늘어놓기에 바빴다.

"이사님, 지난번에 이사님께서 게 요리를 드시고 싶다고 하셔서 제가 정말 맛있는 게 요릿집을 알아냈답니다. 맛있게 식사하시면서 아까 나누던 이야기 계속 나누시죠. 오호호호!"

다잘난군은 더 이상 유능여사를 부르지 않았다.

한밤중의 회의

집으로 돌아왔을 때 비교해씨는 유튜브로 '살림하는 아빠'를 보며 한숨을 쉬고 있었고, 우아한양은 목소리를 가다듬으며 노래 연습을 하고 있었다. 다잘난군이 그동안 집에 없었다는 것조차 모르는 듯했다.

다잘난군은 그림자 생각에 늦게까지 잠을 이루지 못했다. 깜빡 잠이 들었다가도 파마머리 곰 그림자에게 쫓기는 꿈을 꾸는 바람에 화들짝 놀라 깨곤 했다.

바빠가족은 아무리 할 일이 많고 바빠도 자는 시

간과 일어나는 시간을 어겨 본 적이 없다. 잠을 충분히 자 둬야 다음 날 마음껏 바쁠 수 있기 때문이다. 다잘난군은 항상 정확하게 열 시면 잠자리에 들지만 오늘은 도저히 어쩔 수 없었다.

다잘난군은 잠을 못 자느니 차라리 한 달 뒤에 있을 영어 말하기 대회 준비나 하기로 마음먹었다. 아직 반에서 누가 나갈지 정해지지 않았지만 자기가 아니면 나갈 사람이 없을 것 같아 얼마 전부터 준비하던 것이었다. 그러다가 태어나서 처음으로 밤 열두 시가 넘어서까지 말똥말똥 깨어 있어야 했다.

다잘난군은 목이 말랐다. 일 층으로 내려가 물을 마시려고 방문을 열려 할 때였다.

"자, 자! 모두 모인 것 같으니 회의를 시작하겠습니다!"

문 너머에서 낯선 목소리가 똑똑히 들렸다. 문손잡이를 잡은 손이 뻣뻣하게 굳었다.

'무슨 소리야! 도둑인가? 도둑이 회의를 할 리는 없고, 내가 잘못 들은 거겠지?'

다잘난군은 다시 문을 열기 위해 손에 힘을 주었다.

"우아한양 그림자, 오늘 유능여사와 함께 있어 보니 어떠시오?"

잘못 들은 게 아니었다. 이번에는 아까보다 더욱 또렷하게 들렸다. 다잘난군은 다리가 풀려 그 자리에 풀썩 주저앉았다. 그러나 '그림자'라는 말에 가까스로 정신을 차리고 문에 바짝 귀를 갖다 댔다. 낯선 목소리는 하나가 아니었다. 적어도 서넛은 되는 것 같았다. 사실 그 목소리들은 낯선 목소리가 아니었다. 모두 바빠가족의 목소리였다.

회의를 이끄는 목소리는 조금 울리는 소리가 나긴 했지만 유능여사의 목소리가 확실했다. 그러니까 회의 진행자는 유능여사의 그림자인 것이다.

"어휴, 힘들어 죽을 뻔했어요. 회사 일도 장난이 아니더라고요. 아니, 정확히 말해 회사 일이 아니라 '이사님께 잘 보이는 일'이라고 봐야겠지요. 자기 일은 대체 언제 할 건지, 온통 이사님만 바라보고 있어요. 심지어 화장실까지 쫓아다니더라니까요! 상사 비위 맞추는 데에는 정말 유능하더군요. 그나저나 다잘난군은 유능여사 회사에 왜 찾아온 거예요?"

자신의 얘기가 나오자 다잘난군은 마른침을 한 번 꼴깍 삼키고는 귀를 문에 더욱 바짝 갖다 댔다.

"오늘 다잘난군을 따라다닌 그림자가 누구였습니까?"

유능여사 그림자가 물었다. 그러자 비교해씨 그림자가 대답했다.

"저예요. 안 그래도 걱정이 돼서 말하려던 참이었는데…… 다잘난군이 그림자가 바뀐 걸 알아 버렸어요. 바빠가족이 이 일을 알게 되면 어쩌죠?"

그림자들의 말을 듣던 다잘난군은
너무나 흥분한 나머지 숨도 제대로
안 쉬어졌다.
'나만 그런 게 아니었어! 우리 가족
모두의 그림자가 서로 바뀐 거야!'

유능여사 그림자가 말을 이었다.

"그건 걱정하지 마십시오. 바빠가족이 어떤 사람들입니까? 아마 다잘난군의 이야기 따위는 들을 시간도 없을 겁니다. 스스로 발견하기 전까지는 모를 거예요. 그리고 설사 알게 될지라도 별문제 없습니다. 그들이 뭘 어쩌겠습니까? 놀란 토끼처럼 펄쩍펄쩍 뛰고만 있겠죠."

다잘난군은 몹시 불쾌했다. 아마 평소 같으면 그들 앞에 나서서 입 다물라고 소리쳤을 것이다. 하지만 안타깝게도 다잘난군의 온몸은 여전히 후들거리고 있었다.

"그나저나 오늘 다잘난군 그림자는 어땠습니까? 그렇게 우아한양에게 가고 싶다고 하시더니……."

이번에는 다잘난군 그림자다. 다잘난군의 귀는 거의 문과 하나가 되어 버린 것 같았다.

"하루 종일 다른 사람들이 자기를 쳐다보고 있는

지 아닌지, 자기 얘길 하고 있는지 아닌지에만 관심 있어요. 주변에서 '우' 소리만 나도 자기 얘기 하는 줄 알고 얼마나 신경을 쓰는지, 제 머리가 지끈지끈 아플 정도였답니다. 그나마 다행인 건 우아한양이 교실에 우아하게 앉아만 있어서 제가 가끔은 마음대로…… 흡!"

다잘난군 그림자는 말실수라도 한 것처럼 갑자기 말을 멈추었다. 아니나 다를까 곧바로 유능여사 그림자의 언짢은 목소리가 들렸다.

"다잘난군 그림자! 규칙을 잊었습니까? 우리는 아직까지는 평범한 그림자예요. 그림자는 사람 눈에 보이든 안 보이든 자신과 묶여진 사람을 따라 해야 합니다!"

"하지만 지금은 이렇게……."

"하, 정말 답답합니다. 왜 이렇게 상황을 이해하지 못합니까? 지금 우리는 여유로울 수 있는 다양한 방법을 시도하는 중입니다. 다행히 바빠가족이 모두 정확한 시간에 잠이 드니, 우리는 더 좋은 방법을 만들기 위해 그동안 회의를 하는 거고요. 원래는 이것도 규칙을 어기는 행동이긴 하지만 상황이 상황이니만큼……."

"하하, 알겠습니다. 일단 유능여사 그림자는 오늘 어떠셨는지 들어 본 다음 앞으로 어떻게 할 건지 정해 보죠."

다잘난군 그림자가 분위기를 바꿔 보려는 듯이 말했다. 다잘난군은 자신의 그림자가 야단을 맞으니 이상하게 기분이 썩 좋지 않았다.

"어떻긴 뭘 어때요? 비교해씨 역시 피곤하죠. 오히려 유능여사와 있을 때보다 더 힘든 것 같더군요. 하루 종일 손에서 핸드폰을 내려놓지 않더라고요. '살림하는 아빠' 채널을 보고 또 보고 또 보고, 비교하고 비교하고 또 비교하고. 다시 닦고, 다시 빨고,

다시 청소하고, 다시 만들고……. 그동안 비교해씨 그림자가 얼마나 힘들었을지 이해가 됩니다.”

“우리 그냥 ‘그 방법’을 써요! 우리는 너무나 오래 참아 왔어요. 우리는 지금 피곤에 절어 있어요! 이대로 나가다간 우리도 ‘더바빠가족’ 그림자들처럼 까만 가루로 부서져 어디론가 사라져 버리고 말 거예요!”

비교해씨 그림자가 더 이상 참을 수 없다는 듯이 말했다.

“비교해씨 마음은 압니다. 그렇다고 ‘그 방법’을 함부로 쓸 수는 없습니다. ‘그 방법’은 최후의 방법입니다. 우리 힘을 내서 내일 하루만 더 해 봅시다. 그리고 하루만 더 고민해 봅시다. 정말 ‘그 방법’ 말고 다른 방법은 없는지……. 우리 모두 여유롭고 행복해질 수 있는 방법! 내일 다시 만날 때까지 생각해 오시기 바랍니다. 자, 시간이 거의 다 됐습니다. 그럼 내일 다시 봅시다.”

유능여사 그림자가 조금은 근엄한 목소리로 회의를 마무리했다.

다잘난군은 고슴도치라도 깔고 앉은 것처럼 그 자리에서 벌떡 일어나 이불 속으로 몸을 감췄다. 그림자들이 방문을 열고 들어올 거라 생각했기 때문이다. 하지만 그림자들이 모두 다른 곳으로 갔는지 아무 일도 일어나지 않았다. 겨우 마음을 가라앉힌 다잘난군은 이불 속에서 가만히 중얼거렸다.

"그 방법, 그 방법, 그 방법…… '그 방법'이란 게 과연 뭘까?"

다잘난군은 '그 방법'이란 말을 떠올릴 때마다 이상하게도 등줄기가 서늘해지는 걸 느꼈다.

이제 제 말을 믿으시겠어요?

다잘난군은 오늘도 어김없이 아침 여섯 시에 일어
났다.

"그 방법."

눈을 뜨자마자 다잘난군이 내뱉은 첫 말이다. 다
잘난군 머릿속에는 '그 방법'이란 말이 오래전부터
들어와 살고 있는 듯했다. 다잘난군은 몹시 불안했
다. 빨리 무슨 수를 쓰지 않으면 무서운 일이 일어날
것만 같았다.

다잘난군은 아래층으로 서둘러 내려갔다. 아니나 다를까 가족들은 늘 그랬듯이 집 안 여기저기를 뛰어다니며 바쁘게 움직이고 있었다. 하지만 다잘난군만은 바쁘지 않았다. 다잘난군은 어제에 이어 그림자 생각 때문에 아무 일도 할 수가 없었다. 대신에 입을 꾹 다물고 의논할 기회를 엿보며 가족들을 지켜봤다.

덕분에 다잘난군은 가족들에 관한 새로운 사실을 알게 됐다. 비교해씨의 눈썹이 짝짝이라는 것, 유능여사는 말할 때 코 막힌 소리가 난다는 것, 우아한양의 입 옆에 작은 꽃 모양 점이 있다는 것······.

다잘난군은 새로 알게 된 모든 것을 신기하게 여기면서, 어떻게 하면 가족들이 그림자가 바뀐 걸 알 수 있을지 열심히 고민했다. 하지만 답은 매우 간단했다. 가족들이 밖에서 그림자를 직접 보게 하는 것!

드디어 바빠가족이 현관문을 나섰다. 비교해씨는 슈퍼에서 밀가루를 사기 위해, 유능여사는 회사에

출근하기 위해, 우아한양은 학교에 가기 위해.

"이제 다들 그림자를 보게 되겠구나!"

밖으로 나가는 가족들을 보며 다잘난군은 가슴이 쿵쿵거렸다. 다잘난군은 가족들과 가족들의 그림자를 한꺼번에 보려고 이 층 방으로 뛰어올라갔다. 커튼을 열고 창문 밖으로 몸을 반쯤 내밀었다. 아침 햇살이 눈부셨다. 이런 날, 그림자가 생기지 않을 리 없다. 다잘난군은 눈이 부셔서 잠시 감았던 눈을 슬

며시 뜨며 가족들을 내려다보았다.

그때, 다잘난군은 저도 모르게 '흐흭!' 하고 괴상한 소리를 냈다. 이 기가 막힌 장면을 어떻게 말로 표현할 수 있을까?

단발머리에 또각또각 높은 구두를 신은 아줌마 뒤로 갈래머리에 짧은 치마를 입은 말라깽이 그림자가 따라간다. 뽀글뽀글 폭탄 머리 곰 같은 아저씨 뒤로 단발머리 꺽다리 아줌마 그림자가 따라간다. 갈래머리 짧은 치마 말라깽이 여학생 뒤로 짧은 머리에 헐렁한 바지를 입은 자그마한 그림자가 따라간다. 정말이지 한동안 입을 못 다물게 하는 장면이었다. 그런데 안타깝게도 다잘난군을 뺀 가족들은 그림자 따위에 관심이 없었다. 그저 제 갈 길만 갈 뿐 뒤도 돌아보지 않았다. 그들은 다잘난군이 학교에 가지 않고 집 안에 남아 있다는 사실조차 모르는 것 같았다.

"발밑에 그림자를 보세요! 그림자 좀 보라고요! 그림자가 바뀌었다고요!"

다잘난군은 가족들을 향해 있는 힘껏 소리쳤다. 하지만 다잘난군의 목만 아플 뿐 아무도 돌아보지 않았다. 그렇다고 저 꼴로 가족들을 사람들 많은 곳으로 가게 둘 수는 없는 노릇이었다.

그때, 다잘난군에게 기막힌 생각이 떠올랐다. 다잘난군은 책상 위에 있던, 동전이 잔뜩 든 유리병을 들고 밖으로 뛰어나갔다. 그러고는 유리병에 든 동전들을 가족들이 가는 길에 한꺼번에 쏟아부었다. 바빠가족이 아무리 바빠도 여기저기 굴러다니는 동전을 모른 체하지는 않을 테니까. 틀림없이 모두 몸을 숙여 동전을 줍겠지. 뭐 그런 계산이었다.

"다잘난군! 너, 정말!"

바빠가족은 한꺼번에 다잘난군을 쏘아보며 악을 썼다. 그리고 다잘난군의 예상대로 모두 허리를 구부리고 동전들을 줍기 시작했다. 다잘난군도 가족들의 눈치를 살피며 동전들을 주웠다. 바빠가족은 '볕 좋은 날 평화롭게 이삭을 줍는 단란한 가족' 같았다. 아무튼 이렇게 모두 함께 모여 같은 일을 하는 것은 이번이 처음이다.

다잘난군은 어서 빨리 누군가가 이상한 그림자를 알아차려 주기만을 간절히 바랐다. 그런데 하필 그때, 눈치 없는 구름이 해를 가려 버릴 게 뭐람! 게다가 마침 바람도 멈추어서 해를 가린 구름이 움직이지도 않는 것이다!

결국 바빠가족은 이상한 그림자를 발견하지 못했다. 대신 동전들을 모두 주워 유리병에 넣고는 다잘난군의 머리를 한 대씩 쥐어박은 다음 다시 제 갈 길로 가 버렸다. 다잘난군은 그 자리에 주저앉아 울고 싶었다.

다잘난군은 유리병을 들고 터덜터덜 이 층으로 올라갔다. 여전히 밖은 구름이 해를 가려 어둑어둑했다. 다잘난군은 자기도 그림자가 잘 안 보이는 지금, 학교에 가야겠다고 마음먹었다. 그래서 허둥지둥 준비를 하고 학교를 향해 냅다 뛰었다.

다잘난군은 평소보다 학교에 훨씬 늦게 도착했다.

'큰일이다! 교실 문을 열어야 하는데!'

하지만 이미 교실 문은 열려 있었다. 교실에 들어가니 모든 아이들이 다잘난군을 흘끔흘끔 쳐다봤다.

"어이! 다잘난군! 오늘 늦었네! 웬일이야?"

화분에 물을 주던 화분 당번이 아는 체했다. 그렇다고 다잘난군이 지각을 한 건 아니다. 항상 가장 먼저 학교에 왔는데 오늘은 그저 제시간에 왔을 뿐이다. 다잘난군은 교실 가득 채워진 상쾌한 공기를 마시며 제자리에 앉았다. 다잘난군은 좀처럼 자리에서 일어나지 않았다. 그림자 때문에 움직이기가 싫어진 것이다. 다잘난군이 아무것도 하지 않은 덕분에 바빠진 건 반 아이들이었다.

목요일 4교시는 체육 시간이다.

"아까까지만 해도 비가 올 것처럼 흐리더니 지금은 날씨가 정말 화창하다! 우리 바깥으로 나가서 봄날 아기 곰들처럼 신나게 뒹굴며 놀아 보자꾸나!"

아이들은 정말 봄날의 아기 곰들처럼 좋아하며 한꺼번에 교실을 빠져나갔다. 하지만 다잘난군은 그 자리에서 꼼짝도 하지 않았다. 창밖으로 보이는 운동장은 눈이 부실 정도로 맑고 화창했다. 결국 다잘난군은 아프다는 핑계로 조퇴를 했다.

다잘난군은 정말 아파 보였다. 얼굴이 창백하고 입술이 바싹 말라 있었기 때문이다. 게다가 다잘난군은 그동안 조퇴나 결석, 지각을 한 번도 한 적이 없었다. 그래서 선생님은 두 번을 묻지도 않고 다잘난군이 원하는 대로 조퇴를 시켜 주었다.

다잘난군은 학교 뒷문으로 빠져나와 어제처럼 집을 향해 정신없이 뛰어야만 했다. 다잘난군은 숨을 헉헉대며 집 안으로 뛰어들었다. 그런데 소파에 우아한양이 하얗게 질린 얼굴로 앉아 있었다. 우아한양도 집으로 뛰어들어 온 지 얼마 안 되는 모양이다. 숨도 아직 거칠고 콧등에 땀도 송골송골 맺힌 그대로였다. 다잘난군은 아무 말 없이 소파에 걸터앉았다.

"다잘난군! 오늘 내게 어떤 일이 있었는지 아니? 글쎄, 내 그림자가! 아, 생각도 하기 싫어! 나의 이미지는 완전히 망가진 거야! 독서 시간에 우아하게 잔디밭을 걸으며 책을 읽고 있는데, 발밑에 돌부리가 있는 줄도 모르고 그만 걸려서 넘어진 거야! 나의 우아한 모습에 취해 있던 아이들이 얼마나 놀랐겠니? 그래서 나는 얼른 그 자리에서 일어나려 했어! 그런데 내 그림자가 이상한 거야! 그 끔찍한 그림자를 들키지 않기 위해서는 난 그 자리에서 일어날 수도 앉아 있을 수도 없었어! 그래서 잔디밭 위에 누워 버렸지. 그냥 바닥에 누워 버렸다고! 아무 데나 누워서 뒹굴거리는 교양 없는 아이들과 똑같이 굴었어! 아이들이 교실에 다 들어갈 때까지 난 그러고 있어야 했어! 그다음 당장 집으로 달려온 거야. 도대체 내게 무슨……."

다잘난군이 끊이지 않는 우아한양의 이야기를 듣고 있는 동안 비교해씨는 하얗게 빤 이불을 들고 마당으로 나갔다. 그리고 잠시 뒤 비교해씨의 짜증 섞인 목소리가 들려왔다.

"이런! 힘들게 빤 이불을 땅에 떨어뜨렸어! 오늘

은 '살림하는 아빠'보다 더 하얗게 빨았는데!"

그러다가 또 곧바로,

"으아악! 이게 뭐야!"

비교해씨의 비명 소리가 뒤이어 들렸다. 비교해씨는 얼굴이 하얗게 질린 채 거실로 뛰어들어 와서는, 소파에 털썩 주저앉았다.

"내 그림자가 이상해! 얘들아, 내 그림자가 이상하다고!"

그리고 또 얼마 지나지 않았다. 한 이 분쯤?

현관문이 요란스럽게 열리더니 유능여사도 뛰어들어 왔다. 땀 때문에 엉망이 된 머리칼을 계속 넘기며 소파에 앉았다.

"다잘난군!"

바빠가족이 한꺼번에 다잘난군을 불렀다. 다잘난군은 다소 의기양양한 표정을 지으며 어깨를 들썩이면서 말했다.

"이제 제 말을 믿으시겠어요?"

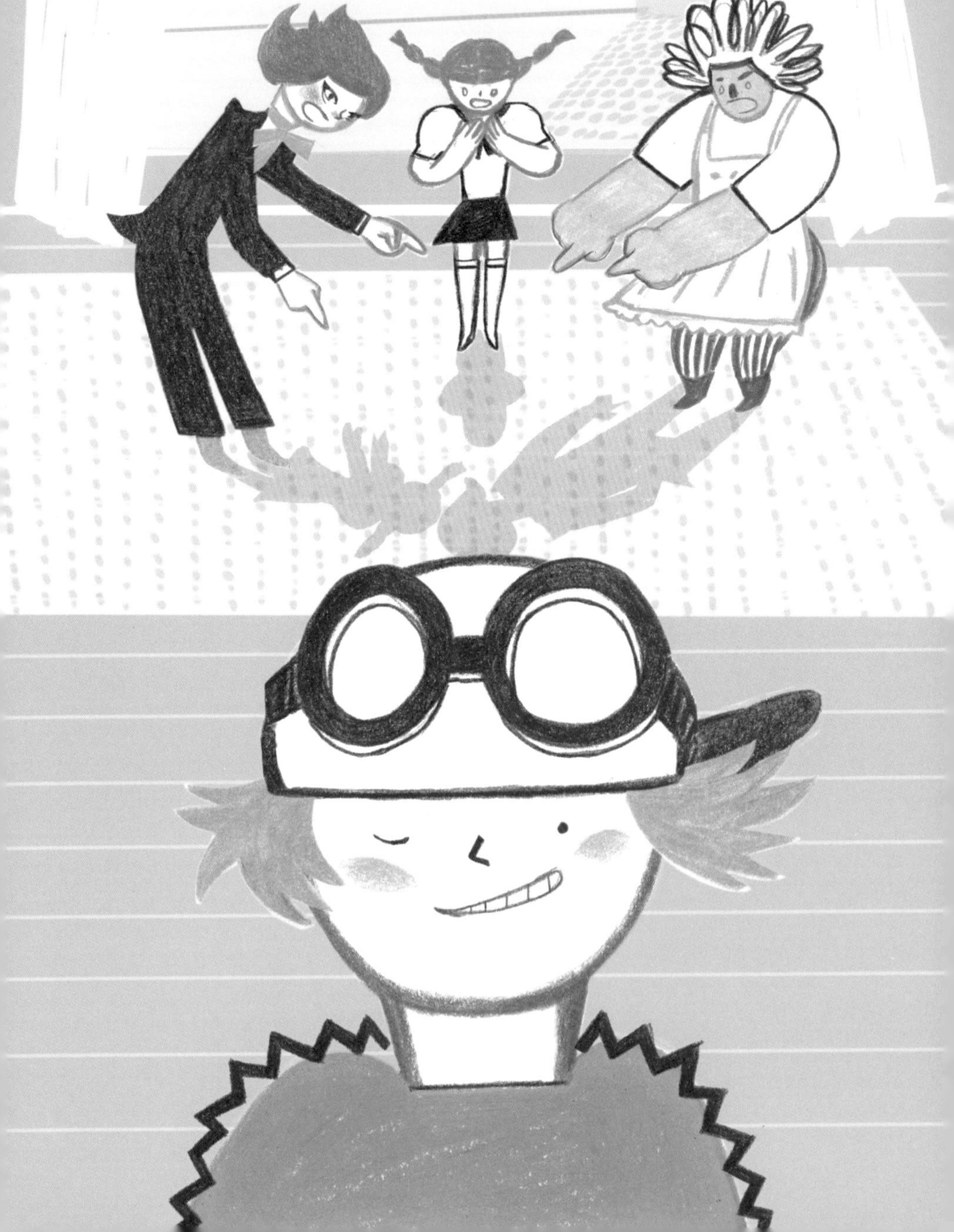

뜻하지 않은 휴가

"다잘난군. 이 괴상한 일을 천천히 다시 설명해보렴."

지금 이 순간 바빠가족 모두가 다잘난군의 이야기를 듣기 위해 시간을 내고 있는 것이다. 그것도 '천천히' 얘기하란다. 다잘난군은 '흠흠' 목소리를 가다듬었다. 그러고는 정말 '천천히' 말하기 시작했다.

"우리 가족은 모두 네 식구예요. 그림자도 네 개고요. 그 네 개의 그림자들이 서로 자리를 바꾼 거지요. 엄마 그림자는 아빠에게로, 누나 그림자는 엄마에게로, 내 그림자는 누나에게로, 아빠 그림자는 내게로 온 거예요."

바빠가족은 믿기지는 않지만 인정할 수밖에 없는 이 사실에 기막혀했다. 모두 '어휴!' 하고 한숨을 내쉬었다.

'이유가 뭐야?'

말할 기운도 없는지 바빠가족은 눈으로 물었다.

"이유는…… 피곤해서요. 그림자들이 피곤하대
요. 힘들고 지친대요. 그래서 자리를 바꾸면 좀 여유
로워질까 생각한 거죠."

가족들은 믿을 수 없다는 듯, 고개를 절레절레 흔
들며 소파 등받이에 벌렁 기댔다.

"그런데 그러고도 그림자들은 여전히 피곤하대요.
그래서 오늘 밤까지 각자 새로운 방법을 찾아오기로
했어요."

'새로운 방법'이라는 말에 바빠가족은 등받이에서 얼른 등을 뗐다.

"무슨 방법?"

"물론, 그림자들 모두 여유롭고 행복해질 수 있는 방법이지요."

다잘난군은 그림자들이 밤 열두 시쯤이면 모두 모여 회의를 한다는 사실도 놓치지 않고 말했다. 바빠가족은 서로 아무 말도 없이 고개만 끄덕였다. 이 모든 게 믿을 수 없는 일이지만 바뀐 그림자를 직접 눈으로 확인한 이상 모든 걸 순순히 받아들이기로 마음먹은 것이다.

"그럼 열두 시에 만나 보면 그 방법이라는 것을 알 수 있겠네."

"만나 본다고요?"

그림자들을 만나 보겠다는 유능여사의 말에 나머지 가족들은 적잖이 놀랐다. 이제껏 누구도 유능여사가 그렇게 용기 있는 사람이라는 걸 알지 못했던 것이다.

"모두 걱정 마. 내가 오늘 밤에 그림자들을 만나서 담판을 지을 테니!"

유능여사는 자기를 존경의 눈으로 바라보는 가족들을 의식하듯 턱을 치켜들며 말하고는 자리에서 벌떡 일어나 현관으로 향했다. 그러자 우아한양과 비교해씨도 그 뒤를 따랐다.

"설마 그 이상한 그림자를 발끝에 달고 외출하려는 건 아니겠죠?"

다잘난군은 가족들의 앞을 막아서며 말했다. 바빠가족은 '아차' 하는 표정으로 다시 소파로 돌아와 앉았다.

"그럼 어쩌지?"

"그림자들을 만나기 전까지 집에 있어야죠."

다잘난군이 당연하다는 듯 말했다.

"나는 선생님께 허락도 안 받고 집에 온 거야. 선생님께서 날 어떻게 생각하시겠어?"

우아한양이 울상이 되어 말했다. 다잘난군은 비교해씨 앞으로 전화기를 내밀었다.

"학교에 전화하라고?"

다잘난군과 우아한양은 거의 동시에 고개를 끄덕였다. 비교해씨는 어쩔 수 없다는 표정으로 학교에 전화를 했다. 집에 중요한 일이 생겨 우아한양이 급하게 집에 돌아왔다고 말한 뒤 전화를 끊었다. 그때 유능여사의 핸드폰이 울렸다. 모두들 잔뜩 긴장한 터라 작은 소리에도 깜짝 놀랐다.

"아, 예. 죄송합니다. 점심시간 때 잠깐 밖에 나왔다가…… 구두 뒷굽이 빠지는 바람에…… 그때 마침 제게 큰일이 생겨서 이렇게 갑자기 집에 들어오게 됐습니다. 음…… 그 큰일이라는 게 말씀드리기 곤란한 일인데…… 음…… 아무튼 나중에 회사에 가면 말씀드리죠. 네, 고맙습니다. 그럼 이만."

　바빠가족은 한동안 서로를 멀뚱히 바라보았다. 뜻하지 않은 휴가에 모두들 조금 당황하는 눈치였다. 그러나 곧 평소 주말에 하던 대로 모두 각자의 할 일을 찾아갔다.

　유능여사는 노트북을 열어 이사님이 관심 있어 하는 프로젝트를 살펴보기 시작했고, 비교해씨는 아까 떨어뜨린 이불을 다시 빨기 시작했고, 우아한양은 엉망이 된 교복을 손질하기 시작했고, 다잘난군은 한 달 뒤에 있을 영어 말하기 대회 준비를 하기 시작했다. 모두 평소처럼 바빠지려고 했다. 그러나,

　"그놈의 그림자 생각 때문에 도저히 일을 할 수가 없어!"

라고 투덜대는 유능여사를 시작으로 모든 가족이 거실로 쏟아져 나왔다. 바빠진 지 한 시간도 되지 않아서의 일이다.

"우리 이러고 있지 말고 바로 지금, 그림자들을 만나 봅시다."

아무것도 하지 않고 있는 것을 누구보다도 못 견뎌 하는 비교해씨가 의견을 내놓았다.

"그래요, 왜 그 생각을 못 했죠? 어차피 그림자들은 우리 몸에 붙어 있는 거니까 지금 당장 만날 수 있을지도 몰라요. 이렇게 아무것도 하지 않고 시간을 낭비할 수는 없지요."

유능여사가 비교해씨의 말에 맞장구를 치자 우아한양과 다잘난군도 고개를 끄덕였다.

"그런데 어떻게 만나죠? 엄마 말씀대로 그림자는 원래 우리 몸에 붙어 있는 것이긴 하지만……."

우아한양의 말에 모두 자신의 발밑을 살폈다. 하지만 집 안에서 보이는 그림자는 너무 흐릿하고 몸 가까이에 모여 있어서 모습을 제대로 알아볼 수 없었다.

“우리, 마당으로 나가서 그림자들에게 직접 말을 걸어 보는 건 어떨까요?”

“그거 좋은 생각이다. 밖에서는 그림자가 또렷할 테니까.”

다잘난군의 의견에 따라 모두 마당으로 나갔다. 낮 두 시쯤 된 시간이어서 그림자가 아침에 봤을 때보다 많이 짧아져 있었다. 그래도 집 안에서의 모습과 비할 수 없을 만큼 또렷했다.

바빠가족은 마당에 둥글게 모여 섰다. 그리고 나서 발끝에 붙어 있는 그림자를 내려다보았다. 다잘난군 발끝에 붙어 있는 폭탄 머리 그림자가 유난히 움직임이 많았다. 다잘난군이 고개를 움직일 때마다 폭탄 머리가 살랑살랑 흔들렸다. 짧은 머리 어린이와 폭탄 머리 그림자는 웃음이 절로 나게 하는 한 쌍일 수밖에 없었다. 유능여사와 우아한양이 터지려는 웃음을 ‘쿡쿡’ 참자 비교해씨가 ‘흠!’ 하며 가족들에게 눈을 치

켜떴다. 그래도 비어져 나오는 웃음을 참을 수가 없어서 결국에는 가족 모두가 박 터지듯 웃어 젖혔다. 따뜻한 봄날 오후, 햇볕이 가득한 마당 한가운데에 바빠가족들이 모두 모여 그렇게 한참을 웃었다.

"이젠 어떻게 하죠?"

우아한양이 억지로 웃음을 참으며 말했다.

"뭘 어떡해? 불러 봐야지. 처음 만나는 건데 존댓말을 써야겠지?"

유능여사는 목소리를 가다듬으며 차분히 그림자들을 불렀다.

"그림자 여러분! 우리랑 얘기 좀 할까요?"

누가 들어도 참 어이없는 말이지만 별다른 수가 있는 것도 아니기에 다른 가족들도 유능여사를 따라 몇 마디 거들었다.

"그림자 님! 우리랑 잠깐 만나요!"

"그림자 씨! 안 들리세요?"

다른 누군가가 지금 바빠가족을 본다면 틀림없이 미쳤다고 손가락질을 할 것이다. 하지만 바빠가족은 한시라도 빨리 그림자들을 제자리로 돌려놓기 위해 최대한 노력을 해야 했다. 그러나 이러한 노력에도 그림자들은 아무런 반응을 보이지 않았다.

"아무래도 시간이 별로 좋지 않은 것 같아요. 보세요, 그림자들이 너무 짧잖아요. 해 질 때쯤 그림자가 길게 보일 때 다시 불러 보는 건 어떨까요? 그러면 지금보다도 훨씬 우리 말을 잘 알아들을 것 같은데……."

다잘난군의 말은 확실히 일리가 있었다. 바빠가족은 서로 그러자는 눈빛을 주고받고 집 안으로 다시 들어갔다.

　"우리 배고픈데 점심이나 먹을까?"

　유능여사의 말은 굉장히 한가롭게 들렸다. 다들 정신이 없어 점심을 건너뛴 터라 배가 많이 고프던 참이었다. 물론 유능여사가 '점심'이란 말을 꺼내는 바람에 느끼게 된 것이긴 하지만.

　비교해씨가 서둘러 식사 준비를 했다. 정신이 없어서인지 비교해씨는 음식을 담기 전에 유튜브에서 '살림하는 아빠'의 점심 식탁을 확인하는 걸 잊고 말았다. 우아한양은 비교해씨 옆에서 음식 담는 일을 거들었고, 유능여사와 다잘난군은 식탁으로 음식들을 날랐다. 모두 배가 고파 빨리 먹기 위해서 그렇게 했을까? 아무튼 바빠가족은 처음으로 다 같이 식사 준비를 했다. 음식 냄새가 참 좋다는 생각을 하면서 말이다.

"너, 왼손잡이니?"

서로 아무 말 없이 식사를 하는데 유능여사가 뜬금없이 다잘난군에게 물었다.

"아니요, 밥 먹을 때만 왼손을 써요. 어? 엄마도 왼손을 쓰시네요?"

"오호호호! 이 녀석, 별걸 다 닮았네."

바빠가족은 점심을 먹으면서, 다잘난군이 밥 먹을 때만 왼손을 쓴다는 사실을, 우아한양이 콩 요리를 먹지 않는다는 사실을, 비교해씨가 다이어트 중이란 사실을, 유능여사가 두부 부침을 좋아한다는 사실을 처음 알게 되었다. 이날의 식사 시간은 평소보다 세 배쯤 길었다.

식사를 마친 바빠가족은 각자 좋아하는 차와 음료수를 들고 거실에 모여 앉았다. 거실에 다시 모인 바빠가족은 각자의 방으로 들어가려 하지 않았다. 들어가 봤자 그림자 생각에 아무것도 못 할 것이 뻔하기 때문이다. 서로 한동안 아무 말 없이 앉아 있는데 우아한양이 슬그머니 일어나 음악을 틀었다.

"우리 좋은 음악이나 듣죠. 제가 가장 사랑하는 곡이에요. 우아한 멜로디가 일품이죠."

아무도 그 음악을 알지 못했지만 바빠가족은 잠자코 있었다. 모두 꼼짝없이 늦은 오후까지 기다려야 했기 때문에 그냥 소파 깊숙이 몸을 묻고 음악이나 듣기로 마음먹었다.

거실 큰 창문으로 따뜻한 봄 햇살이 쏟아져 들어오고, 감미로운 음악은 집 안 가득 춤을 추고, 향긋한 차 향기는 바빠가족 코끝에 맴돌았다. 잠시 뒤 바빠가족 모두 잠이 들었다.

봄날 한낮에 바빠가족이 한꺼번에 낮잠을 자는 것이다!

드디어 만나다!

해는 이미 저물었다. 바빠가족은 그동안 쌓였던 피로를 한꺼번에 풀려는 듯이 늦은 오후에 할 일을 까맣게 잊은 채 깊은 잠에 빠져 있었다. 어느새 바빠 가족 집 안에는 따뜻한 햇살 대신 짙은 어둠이 드리워졌다.

가장 먼저 잠에서 깨어난 사람은 우아한양이었다.

"어머나! 도대체 몇 시나 된 거지? 아빠, 일어나 보세요!"

우아한양은 이미 한밤중이 돼 버린 걸 알고 다급하게 비교해씨를 흔들어 깨웠다. 덕분에 다른 가족들도 모두 큰 기지개를 켜며 부스스 일어났다.

"지금이 몇 시야?"

다잘난군이 자리에서 일어나 거실 불을 켰다. 갑자기 환해져서 모두 잔뜩 얼굴을 찌푸렸다. 시간을 확인한 비교해씨가 두 손으로 얼굴을 비비며 말했다.

"너무 오래 자 버렸군. 벌써 열 시가 훨씬 넘었어."

"시간이 얼마 남지 않았어요! 집 안의 모든 불을 끄고 조용히 기다려야 그림자가 나타날 거예요. 그들은 우리가 열 시 이후에는 모두 잠들어 있는 줄 알아요. 그게 사실이기도 하고요. 그래서 자기들이 따로 모인다는 걸 우리가 모르는 줄 알고 있어요."

다잘난군이 초조하게 말했다.

"이런, 얼굴 부은 것 좀 봐! 그나저나 그림자들은 어디에서 모이니?"

우아한양이 제 얼굴을 쉴 새 없이 두드리며 물었다.

"이 층 복도. 그러니까 모두 내 방에 함께 있다가 그림자들이 모이면 그때 한꺼번에 나가서 만나 보자고!"

다잘난군이 무척 흥분한 목소리로 말했다. 하지만 '한꺼번에'라는 말에 비교해씨가 불안한 낯빛을 내보였다.

"한꺼번에 만나는 건 조금 곤란해. 그림자들이 놀라서 달아나기라도 하면 어쩔 거야?"

"하지만 혼자 만나는 건 조금 겁이 날 것 같은데……."

유능여사의 눈치를 보며 우아한양이 말끝을 흐렸다.

"걱정들 하지 마. 엄마가 다 알아서 할게."

유능여사는 자리에서 벌떡 일어나 이 층으로 성큼성큼 걸어 올라갔다. 다른 가족들도 유능여사의 뒤를 따라 계단을 올랐다. 모두 다잘난군의 방에 모여 불을 끄고 숨죽여 그림자들을 기다렸다. 방문에 귀를 바짝 갖다 대고 눈만 끔뻑이며 기다리는 바빠가족의 모습은 귀여워 보이기까지 했다.

"아차! 지금 생각난 게 있어요."

갑작스러운 다잘난군의 말에 다들 흠칫 놀랐다.

"뭔데?"

우아한양이 가슴을 진정시키며 물었다.

"오늘 회의에서 '그 방법'을 쓰겠다고 결정할지도 몰라요."

"'그 방법'이란 게 뭐야?"

비교해씨가 물었다.

"'그 방법'은 '최후의 방법'이에요. 그러니까 그림자들은 오늘 회의에서 딱히 좋은 방법이 나오지 않으면 '그 방법'을 쓰기로 할 거예요. 그런데 제 느낌에는 '그 방법'이란 게 우리한테 아주 안 좋은 것 같아요. 그림자들도 '그 방법'을 조금 두려워하는 듯했고요."

그 방법. 바빠가족은 이 세 글자 때문에 더욱 긴장이 됐다. 각자 머릿속으로 '그 방법'이란 게 무엇일지 이것저것 상상하기 시작했다. 그런데 그때,

댕~댕~댕~댕~댕~댕~댕~댕~댕~댕~댕~댕~

시계종이 정확히 열두 번을 울렸다. 바빠가족 모두

댕 댕 댕 댕

마른침을 꼴깍 삼켰다. 그때였다.

"모두 밖으로 나오시지요!"

그림자들이 복도에서 바빠가족을 부른 것이다!

바빠가족은 너무 놀라 문에서 다 같이 미끄러져 바닥에 풀썩 주저앉았다. 그림자들이 바빠가족을 먼저 부르리라고는 아무도 상상하지 못했다. 그렇게 큰소리치던 유능여사도 '밖으로 나오라'는 그림자들의 말에 그대로 얼어 버렸다.

비교해씨는 팔꿈치로 유능여사의 옆구리를 쿡쿡 찔렀다. 유능여사는 그제야 정신을 차렸는지 자리에서 일어났다. 그러고는 '흠흠' 목소리를 가다듬었다.

손은 아까부터 문손잡이에 가 있었지만 그뿐이었다. 답답해진 비교해씨는 유능여사를 밀치고 자기가 나서서 문밖으로 나가려고 했다. 그러다가 문이 갑자기 열리는 바람에 바빠가족 모두 이 층 복도로 와르르 쏟아졌다.

"아, 안녕하세요! 그, 그림자 여러분!"

비교해씨가 눈도 다 뜨지 못한 채 그림자들에게 내뱉은 첫 번째 말이었다. 우스꽝스럽게 쓰러져 있던 바빠가족은 서로 부축해 주며 자리에서 일어섰다. 그러고는 비교해씨 등 뒤에 바싹 붙어 실눈을 살짝 떠 보았다. 그런데 아무것도 보이지 않았다. 비교해씨도 겨우 눈을 다 떴지만 눈앞에 펼쳐진 건 깜깜한 어둠뿐이었다. 하지만 다른 무언가가 있다는 건 확실했다. 이 층 복도의 공기가 유난히 차갑게 느껴졌고 귓가에서는 윙윙 바람 새는 소리가 나는 것도 같았다.

"미안합니다. 저희가 보이지 않지요? 보이지 않는 상대와 대화를 나눈다는 것은 그다지 유쾌하지 않은 일이지요. 혹시 다잘난군 방에 램프가 있습니까?"

그림자의 목소리는 웅웅거렸지만 잘 알아들을 수 있었다.

"예, 있어요."

다잘난군이 떨리는 목소리로 대답했다.

"잘됐군요. 그럼 다잘난군 방에서 램프를 켜고 얘기하도록 합시다."

복도에 있던 바빠가족은 다시 방 안으로 우르르 들어갔다. 다잘난군은 방 가운데에 있는 동그랗고 낮은 탁자 위에 램프를 세워 놓고 불을 켰다. 방 안은 금세 환해졌다.

모두 한 몸이라도 된 것처럼 꼭 붙은 바빠가족의 모습이 드러났다. 그러나 모습을 드러낸 건 바빠가족만이 아니었다. 그림자들 또한 그 괴상한 모습을

드러낸 것이다. 그림자들을 바라보는 바빠가족은 넋
이 나간 사람들처럼 보였다.

　그도 그럴 것이 사람의 몸에서 완전히 떨어져 나간
그림자들은 평소에 보이는 모습과는 많이 달랐다. 그
림자는 으레 벽이나, 바닥이나, 가구나, 아무튼 그
어딘가에 드리워져야 하는 것이다. 마치 검은색의
평평한 그림처럼 말이다. 하지만 바빠가족 눈앞에

보이는 그림자들은 그 어딘가에 드리워지지도, 그려지지도 않았다. 그냥 공간에 우뚝 서 있었다.

그래, 종이 인형을 떠올리면 좀 더 쉽게 상상할 수 있을 것이다. 검은색의 얇은 종이 인형. 아니, 종이 인형과는 조금 차이가 있기도 하다. 종이로 만들어진 느낌이라기보다는 얇고 검은 '연기 막'으로 이루어진 것 같은 느낌이랄까? 이 표현이 맞는지는 모르겠지만 말이다. 어쨌거나 그림자들은 그렇게 자기네들끼리 탁자 주위에 먼저 자리를 잡고 앉아 있었다.

바빠가족은 아무 말도 못 하고 그저 멍하니 있다가 온몸에 소름이 확 돋는 것을 느꼈다. 바빠가족은 누가 먼저랄 것도 없이 자기 발끝에 붙어 있어야 할 그림자를 살폈다. 당연히 아무것도 없었다.

그림자가 없는 사람. 왠지 영혼이 없는 그 무언가가 떠올랐다. 다들 온몸에 한기를 느끼고 몸서리를 쳤다.

그림자들과의 한판

"어서 이리 오십시오."

유능여사 그림자의 목소리에 바빠가족 모두 정신을 차렸다. 그림자라서 말하는 입이 보이지 않았지만, 유능여사 그림자가 말하는 게 확실했다.

쭈뼛쭈뼛 탁자 옆으로 간 바빠가족은 마땅히 자리 잡기도 애매했다. 둥근 탁자 주위에는 이미 그림자들이 앉아 있었고, 사이에 끼어들 공간도 없었다. 그냥 그림자 위에 앉아도 별 상관은 없어 보이긴 했지

만 이미 인사를 나눈 처지에 그럴 수는 없는 노릇이
었다.

　"이런, 앉을 자리가 없군요. 그럼 다잘난군 침대
에라도 걸터앉으시지요."

　유능여사 그림자의 차분하고 여유 있는 말투는 바
빠가족이 오히려 그들 집에 초대된 것 같은 착각이
들게 했다.

　"이 집 주인은 우리예요!"

계속 주인처럼 행세하는 그림자에게 유능여사는
은근히 화가 나서, 저도 모르게 큰 소리를 냈다. 하
지만 바빠가족은 결국 유능여사 그림자의 제안대로
다잘난군의 침대에 모두 걸터앉았다.

"여러분이 우리들을 만나고 싶어 한다는 걸 이미
알고 있었습니다. 그래서 이 시간이 되기를 기다렸
지요."

유능여사 그림자가 말했다.

"아까 낮에 당신들을 애타게 불렀는데 그때는 왜 모른 척하셨습니까? 그때 만났으면 우리가 이렇게 시간 낭비를 할 필요가 없었을 텐데 말입니다."

비교해씨가 따지듯 물었다.

"저희는 당신들이 깨어 있는 시간에 따로 모이지 않습니다. 그게 규칙이지요."

"그 규칙은 이미 깨졌다는 걸 모르시는군요."

다잘난군이 지난밤을 떠올리며 빈정댔다.

"그건 그렇고 우리가 왜 당신들을 만나고 싶어 하는지도 잘 알겠군요?"

다잘난군이 계속 말을 이었다.

"물론이지요. 늘 함께 있는데 모를 리 없지요. 그래도 어제까지는 당신들 발끝에 붙어 있는 그림자였는걸요."

"'어제까지는'이라니요? 앞으로는 그렇지 않을 거라는 뜻인가요?"

다잘난군의 날카로운 질문에 바빠가족은 물론이고 그림자들도 놀라는 눈치였다.

"오호, 다잘난군. 꽤 영리하군요. 우리 그림자들은 그동안 여유롭고 행복해질 수 있는 방법을 고민해 왔습니다. 원래는 오늘 밤에 의논하려고 했지만, 뜻하지 않게 당신들이 낮잠을 즐기는 바람에 그냥 그때를 빌려 의견을 나눴지요. 그런데 예상한 대로 별 뾰족한 수가 없더군요. 그래서 결정했습니다. 어쩔 수 없이 '그 방법'을 쓰기로요!"

유능여사 그림자가 '그 방법'이라는 말을 했을 때 바빠가족 가슴에서 다 같이 '쿵!' 소리가 났다.

"그, 그 방법이란 게 도대체 무엇입니까?"

유능여사가 침착하게 물었다.

"그 방법이란······."

"뭡니까? 빨리 말해요!"

비교해씨가 결국 답답함을 참지 못하고 소리쳤다.

그 때문에 유능여사 그림자가 몹시 불쾌했는지 차갑고 짤막하게 대답했다.

"우리 그림자들 모두, 당신들을 떠나는 거예요!"

유능여사 그림자의 말에 바빠가족은 새파랗게 질렸다.

"말도 안 돼!"

우아한양이 소리쳤다.

"그런 법이 어디 있어요? 당신들 멋대로 그림자를 바꿔 놓은 것도 모자라서 우리를 떠나겠다고요? 도대체 당신들이 우리를 이렇게 곤경에 빠뜨리는 이유가 뭐예요?"

우아한양은 자리에서 벌떡 일어나 곧 싸울 기세로 그림자들에게 덤벼들었다. 하지만 유능여사가 우아한양을 억지로 자리에 앉게 한 뒤 마음을 가라앉힐 수 있도록 등을 쓰다듬어 주었다.

"우리는 지쳤어요. 그림자의 운명이 자기와 엮인

사람을 묵묵히 따라 하는 거라지만 더 이상 참을 수가 없었습니다. 그래서 우리들끼리 나름의 대책을 세운 거지요. 그 첫 번째 방법이 각자의 자리를 바꾸어 보자는 것이었어요. 사람들과 마찬가지로 우리 그림자들도 남의 것이 더 좋아 보이게 마련이거든요. 하지만 바빠가족 가운데 어느 누구도 여유 있는 삶을 사는 사람은 없었습니다. 이젠 당신들을 따라 하는 삶에 넌덜머리가 납니다. 그래서 차라리 당신들을 떠나 죽은 자들의 그림자들과 함께 편하게 사는 편이 낫겠다는 생각이 든 거죠."

유능여사 그림자가 딱 부러지게 말했다.

"그럼, 남은 우리는 어떻게 되는 거죠? 설마 그림자도 없이 유령처럼 살아가야 하는 건 아니겠죠?"

다잘난군의 목소리는 겁에 질려 있었다.

"안됐습니다만, 그렇습니다."

"말도 안 돼! 당신들 때문에 왜 우리가 그런 끔찍

한 일을 겪어야 하는 거야?"

유능여사 그림자의 말에 비교해씨가 소리쳤다. 그러자 그때 또 다른 비교해씨의 목소리가 들렸다. 비교해씨 그림자가 입을 연 것이다.

"당신들의 이런 반응을 이해할 수 없군요. 어차피 당신들은 그림자 따위에는 신경 쓰지 않았잖아요. 왜 갑자기 이렇게 호들갑을 떠는 겁니까? 당신들이 그림자를 살필 시간이라도 있습니까? 서로의 말도 들어 줄 시간도 없으면서, 밖에서 만나면 모른 채 스쳐 지나갈 만큼 서로에게 관심을 가질 시간도 없는 게 바로 당신들, 바빠가족 아닙니까? 이미 당신들은 유령처럼 살고 있잖아요!"

비교해씨 그림자의 말에 바빠가족은 할 말을 잃었다.

"그럼, 다른 방법은 없는 건가요?"

한동안의 침묵을 깨고 유능여사가 물었다.

"죄송합니다. 다른 방법이 없군요."

바빠가족에게는 절망적인 대답이었다. 그때였다. 어두운 표정으로 한참을 듣고만 있던 다잘난군 그림자가 조심스럽게 말을 꺼냈다.

"저, 저는 바빠가족과 힘들게 사는 것도 싫지만……."

"다잘난군 그림자! 또 무슨 철없는 소리를 하려는 거예요! 아까 이미 얘기는 끝난……."

유능여사 그림자가 매섭게 다잘난군 그림자의 말을 가로막았다.

"다잘난군 그림자가 끝까지 말을 할 수 있게 해 주세요! 그림자들은 이렇게 서로를 윽박지르면서 하나의 의견으로 만드나 보죠?"

다잘난군은 혹시나 하는 생각에 유능여사 그림자에게 따져 물었다.

"다잘난군 말이 옳아요. 다잘난군 그림자의 의견

을 들어 봐요. 아까도 다잘난군 그림자는 아무 의견도 내지 못했잖아요. 만약 그림자들의 생각을 하나로 모을 수 없다면, 우리는 아무런 결정도, 행동도 할 수 없다는 것 또한 우리의 규칙이니까요."

우아한양 그림자의 말에 유능여사 그림자가 한 걸음 물러섰다.

"낮 회의 시간에 말씀드리지 못해서 죄송합니다. 제가 요즘 하도 실수를 많이 해서 선뜻 다른 생각을 말할 용기가 없었어요. 이제야 제 의견을 말하자면…… 저는 바빠가족과 힘들게 사는 것도 싫지만, 죽은 자들의 그림자와 함께 사는 것도 싫어요. 몸이 편하긴 해도 어둡고 습한 곳에서 다음 사람과 엮일 날을 기다리며 사는 건 정말 끔찍해요."

다잘난군 그림자의 예상치 못한 말에 나머지 그림자들은 적잖이 당황하는 눈치였다. 그러나 이와는 반대로 바빠가족은 희망의 불씨를 찾은 것처럼 눈을 반짝거렸다.

다잘난군 그림자의 말은 계속 이어졌다.

"저는 어제, 바빠가족과 한가로운 하루를 겪고 난 뒤 바빠가족에게서 '여유롭고 행복할 가능성'을 느꼈어요. 솔직히 말해 여러분도 그렇지 않았나요? 그래서 말인데, 바빠가족과 조정 기간을 갖는 건 어떨까요?"

다잘난군 그림자의 제안에 그림자들은 한동안 생각에 잠겼다.

"실은 저도 어제 바빠가족과 보낸 하루가 무척 행복했어요. 다잘난군 그림자 말에 찬성합니다."

우아한양 그림자가 다잘난군 그림자에게 힘을 실어 주었다.

"저도 죽은 자들의 그림자와 함께 산다는 게 그다지 유쾌하지만은 않습니다. 물론 지금의 바빠가족과 함께 사는 것도 마찬가지고요. 하지만 다잘난군 그림자의 말처럼 조정 기간을 갖는 것도 나쁘지는 않겠군요."

비교해씨 그림자도 흔쾌히는 아니지만 결국 다잘난군 그림자의 의견에 따르기로 했다. 드디어 유능여사 그림자가 결심한 듯 말했다.

"여러분 의견이 그렇다면 할 수 없지요. 조정 기간을 가집시다."

유능여사 그림자의 결정에 바빠가족은 서로 꼭 껴안으며 기쁨을 감추지 못했다. 바빠가족이 이렇게 서로를 힘주어 안아 본 적이 있었던가? 어쨌거나 흔치 않은 일인 건 확실했다.

그런데 그때,

"단!"

기쁨의 순간을 깨는 이 한 마디에 바빠가족은 다시 굳은 얼굴로 그림자들을 바라보았다.

"단! 조정 기간 동안 우리는 평범한 그림자가 아니라는 사실을 잊지 마십시오! 조정 기간은 따로 정하지 않겠습니다. 우리가 또다시 견디기 힘들어질 때, 그때는 당신들이 모르게 떠날 것입니다. 다시는 이런 협상 따윈 없어요. 우리는 영원히 당신들의 친구가 될 수도 있고, 영원한 남이 될 수도 있음을 명심하십시오."

그림자들은 유능여사 그림자의 말을 끝으로 바빠

가족의 발밑으로 흐물흐물 흘러 들어갔다. 바빠가족은 무엇에 홀린 듯 멍하니 있다가 그림자들이 제자리를 다 잡고 나서야 정신을 차렸다.

"모든 게 원래대로 돌아왔어요."

다잘난군이 주위를 둘러보며 나지막이 말했다. 이제 그림자들은 바빠가족의 발밑에서부터 시작하여 바닥을 타고 벽까지 드리워져 있었다.

유능여사 발밑에는 유능여사 그림자가, 비교해씨 발밑에는 비교해씨 그림자가, 우아한양 발밑에는 우아한양 그림자가, 다잘난군 발밑에는 다잘난군 그림자가 있었다.

"정말이야, 모든 게 다시 제자리로 돌아왔어!"

비교해씨가 두 주먹을 쥐고 기뻐 외쳤다.

"그런데 자꾸 그 말이 마음에 걸려요. '평범하지 않은 그림자'라는 말……."

우아한양이 불안한 듯 말했다.

"너무 걱정하지 마. 이렇게 원래대로 돌아왔는데 뭘. 우리 일단 자자꾸나. 벌써 새벽 두 시가 넘었어."

유능여사가 피곤한 기색으로 대꾸했다. 새벽 두 시가 넘었는데 바빠가족이 깨어 있다는 건 정말 있을 수 없는 일이다. 바빠가족은 일단 잠자리에 들기로 했다. 하지만 낮잠을 잔 탓인지 쉽게 잠이 오지 않았다.

바빠가족 모두 머릿속에 '평범하지 않은 그림자'라는 말을 가득 채운 채 억지로 잠을 청했다.

어쩔 수 없잖아

아침 여섯 시. 고요한 집 안 공기를 가르고 정확하게 알람 시계가 울렸다.

비교해씨는 늘 그랬듯이 아침에 눈을 뜨자마자 핸드폰으로 유튜브 속 주방을 보며 이쪽저쪽을 뛰어다니면서,

"'살림하는 아빠'네 주방이랑 비교하면 우리 집 주방은 쓰레기통이야! 정리 좀 해야겠어! 바쁘다, 바빠!"

유능여사도 여전히 한 손
으로는 노트북을 챙기고
다른 한 손으로는 머리를
빗으면서,

"오늘도 우리 이사님
이랑 아침에 티타임 가
져야 하는데, 이러다 늦겠다.
바쁘다, 바빠!"

우아한양은 한 손에 시집 한 권을 들고 이 층 계
단을 내려오면서,

"어쩌지? 우아한 중학생이라면
아침마다 시 한 편씩은 외워야
하는데, 바쁘다, 바빠!"

다잘난군은 가방을 둘러메
고 현관을 나서면서,

"오늘도 내가 먼저 교실에

도착해야 하는데. 늦으면 어
쩌지? 바쁘다, 바빠!"
라고 투덜댔다.

바빠가족은 아침 식사를 대충
끝내고, 현관문을 나섰다. 비교해씨는 아침 장을 보
기 위해, 유능여사는 출근을 하기 위해, 다잘난군과
우아한양은 학교에 가기 위해 서둘렀다. 바빠가족은
원래의 생활로 돌아온 듯했다. 아침 햇살이 가득한
마당으로 나가기 전까지는.

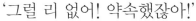

바빠가족이 마당으로 걸음을 내딛는 순간, 또
뭔가 이상했다. 몸이 지나치게
가벼웠고, 발끝이 허전했다.
'그럴 리 없어! 약속했잖아!'

바빠가족 모두 이렇게 속으로 외쳤다. 바빠가족은 마당에 박힌 듯 서서 슬그머니 발끝을 내려다보았다.

없다! 그림자가 없다!

바빠가족은 하얗게 질린 얼굴로 서로를 멀뚱히 바라보다가 집 안으로 다시 뛰어들어 갔다.

"그림자들이 우릴 속였어!"

비교해씨가 거실에 들어서서 발을 구르며 흥분된 목소리로 소리쳤다. 그때였다.

"속이다니요? 우리는 당신들을 속인 적이 없어요."

분명 유능여사 그림자의 목소리다. 주방 쪽이었다.

그러고 보니 주방 식탁에 흐릿한 그림자들이 모여 앉아 있는 게 보였다. 램프를 켜 놨을 때 봤던 그 뚜렷한 모습과는 비교할 수 없을 만큼 흐릿했지만, 그림자들이 틀림없었다. 게다가 그들은 차를 마시고 있는 것처럼 보였다. 그들 손에 찻잔 모양의 그림자가 들려 있었다.

얼굴이 울긋불긋 달아오른 채 허둥거리는 바빠가족에 비해, 그림자들은 한없이 여유로워 보였다.

"우리가 말하지 않았던가요? 우리는 더 이상 평범한 그림자들이 아니라고."

비교해씨 그림자가 빈정대듯이 말했다.

"우리가 당신들을 떠나지 않는 대신, 이제는 당신들이 우리에게 맞추세요. 그렇다고 무조건 우리 마음대로 행동해서 당신들의 생활을 엉망으로 만들진 않겠어요. 말 그대로 지금은 조정 기간이잖아요? 둘 다 서로 한 발씩 양보하자는 겁니다."

유능여사 그림자가 느긋하게 차를 마시며 말했다.

"만약 우리가 당신들에게 맞추지 않는다면 어떻게 되죠?"

유능여사의 질문에 유능여사 그림자의 표정이 굳어졌다.

"당신들과 떨어져 있는 시간이 자꾸 쌓여서 어느한계에 이르면, 우리는 어쩔 수 없이 죽은 자들의 그림자가 모여 있는 곳으로 가게 됩니다. 안타깝게도그 한계가 멀지 않았고요. 우리는 손해 날 게 없습니다. 다급한 건 당신들 쪽이지."

바빠가족은 울며 겨자 먹기로 식탁에 둘러앉아 아침 차를 마셔야 했다. 따뜻한 차를 마시니 온몸이 나른해졌다.

바빠가족은 차를 마시면서 벽에 걸린 시계가 일곱시 십 분을 가리키고 있는 것을 보고는 그나마 다행

이라는 표정을 지어 보였다. 아직 모두에게 한 시간 남짓한 시간이 있다고 생각했기 때문이다. 바빠가족이 시계를 보고서 시간이 남아서 다행이라고 생각하기는 처음이었다. 잠시 뒤 그림자들은 자기들 마음대로 부엌에서 나와 각자의 그림자 가방을 들고 현관 밖으로 나갔다. 그러고는 바빠가족 따위는 신경도 안 쓴다는 듯이 마당을 가로질러 나갔다.

그림자들끼리 길을 걷는 모습이라니! 이 또한 얼마나 기가 막힌 장면인가!

바빠가족은 누군가 이 괴상한 장면을 보기라도 할까 봐 얼른 그림자들에게 다가가 발을 맞췄다. 그나마 다행인 것은 밖에서는 그림자들이 그림자답게 바닥에 붙어 다닌다는 것이었다. 그래서 바빠가족이 그림자들과 발을 맞추기가 한결 수월했다. 더욱 다행인 것은 밖에서는 그림자들이 아무 말도 하지 않는다는 것이다. 그러니까 적어도 겉으로는 '평범한'

그림자들 같았다.

바빠가족은 그림자들을 따라 천천히 아침 길을 걸었다. 평소의 걷는 속도에 비할 수 없이 느린 걸음이어서 무척 답답하기는 했지만 어쩔 수 없는 노릇이었다.

"너희들 지각하지 않겠냐?"

비교해씨가 걱정스레 물었다.

"다행히 지각은 안 할 것 같아요. 엄마는 회사에 늦지 않을까요?"

이번에는 다잘난군이 물었다.

"아직은 시간이 있단다. 어휴, 그나저나 왜 이렇게 걸음이 느린 거야!"

유능여사가 얼굴을 잔뜩 찌푸린 채 말했다.

"집 안에 할 일이 산더미처럼 쌓였는데, 도대체 나는 언제까지 이래야 되는 거냐고!"

비교해씨가 참을 수 없다는 듯이 소리를 질렀다.

"다른 방법이 없잖아요. 그림자를 따라갈 수밖에."

우아한양은 양쪽으로 묶은 머리를 단정하게 매만지며 체념한 것처럼 말했다.

봄날 아침, 바빠가족은 따뜻한 햇볕을 잔뜩 쏘이며 산책을 하고 있다. 어쩔 수 없는 산책.

어쨌거나 그림자들의 배려 덕분에 바빠가족 가운데 지각을 한 사람은 아무도 없었다.

바빠가족이 흘려보낸 아까운 시간들

비교해씨는 그림자를 따라 억지로 산책을 한 뒤 시장에 들러 싱싱한 야채와 과일들을 골라 집으로 돌아왔다. 그러고는 집에 들어오자마자 개수대에 잔뜩 쌓인 설거지를 하기 시작했다. '살림하는 아빠' 영상을 틀어 놓는 것도 잊지 않았다.

"와! '살림하는 아빠'는 운동화를 저렇게 빤다고? 내가 빤 운동화랑 진짜 비교되네."

비교해씨는 설거지가 끝나면 운동화를 다시 빨아

야겠다고 생각했다. 바로 그때 비교해씨 그림자가 식탁 의자에 혼자 앉으며 말했다.

"앞으로 저는 '살림하는 아빠' 유튜브를 보지 않을 겁니다."

"뭐요? 당신 마음대로 결정하면 끝이요? 난 '살림하는 아빠'를 꼭 봐야 한다고요!"

비교해씨 그림자는 어깨를 으쓱하더니 대답했다.

"'살림하는 아빠'만 안 봐도 덜 바쁠 겁니다. 최종 결정은 비교해씨가 하면 됩니다."

그림자와 떨어져 있는 시간이 차곡차곡 쌓이고 있었다. 비교해씨는 하는 수 없이 유튜브를 껐다. 그제야 비교해씨 그림자가 다시 일어나 비교해씨 발끝에 붙어 섰다. 그렇게 비교해씨와 비교해씨 그림자는 설거지를 함께 했고, 있지도 않은 먼지를 떨어내며 함께 청소를 했다.

비교해씨가 신발장의 운동화를 빨려고 할 때, 비

교해씨 그림자는 현관 쪽으로 걸어갔다. 또 몸이 가벼워진 걸 느낀, 아니 가벼워졌다기보다는 서늘함을 느낀 비교해씨가 화들짝 놀라며 돌아봤다.

"어디 가는 거요?"

"옆집에요."

비교해씨 그림자는 천연덕스럽게 대답했다.

"옆집엔 왜요?"

"당신은 함께 가지 않아도 괜찮아요. 옆집에서 좋은 냄새가 나기에 그냥 놀러 가는 것뿐이에요."

비교해씨 그림자는 정말로 혼자라도 갈 것처럼 마당으로 유유히 걸어 나갔다. 그러고는 곧 땅바닥에 그림자답게 붙어서 대문으로 향했다.

"잠깐만요! 같이 가요!"

비교해씨는 오늘 아침에 새로 산 싱싱한 딸기를 대충 챙겨 들고 그림자를 따라나섰다. 어쩔 수 없는 일이었다.

"띵동!"

옆집 문이 열렸다.

"아이고, 비교해씨! 비교해씨가 웬일이유? 무슨 일이라도 생겼수? 오늘은 안 바쁘우?"

옆집 할머니가 몹시 당황한 표정으로 비교해씨를 맞이했다.

"아, 네. 오늘 마트에 갔더니 딸기가 무척 싱싱하더라고요. 그래서 맛 좀 보시라고……."

비교해씨는 들고 있던 딸기를 불쑥 내밀었다.

"이렇게 고마울 데가! 마침 잘됐구먼. 나도 지금 손자 녀석들이 온다기에 강정을 만들고 있던 참이었는데, 들어와서 맛 좀 보고 가우."

옆집 할머니는 활짝 웃으며 비교해씨 손목을 잡아끌었다. 비교해씨는 어쩔 수 없이 집 안으로 끌려 들어갔다.

비교해씨는 빨지 못하고 그대로 둔 운동화 생각을

하며 얼굴을 찡그린 채 소파에 앉았다. 하지
만 할머니는 뭐가 그렇게 좋은지 얼굴에
웃음이 가득했다. 할머니는 따뜻한 차와
갓 만들어 낸 강정을 내왔다. 냄새가 무척
좋았다. 비교해씨는 강정을 한 입 베어 물
었다. 강정은 아주 달콤하고 고소해서 씹기

도 전에 입안에서 사라지는 듯했다. 그리고 그와 함께 비교해씨 머릿속에서 어느덧 운동화 생각도 사라졌다.

"강정이 너무 맛있어요! 어떻게 만드는 건가요? '살림하는 아빠'도 이만큼 맛있게 만들 수는 없겠어요!"

비교해씨는 자기도 모르게 할머니에게 바짝 다가앉으며 말했다.

"살림하는 아빠? 그게 누구유? 아참! 내 정신 좀 봐. 비교해씨가 살림하는 아빠지!"

비교해씨는 '살림하는 아빠'는 자기가 아니고 유명한 유튜버라고 말해 주려다가 말았다.

"이건 아무한테도 알려 주지 않는 나만의 비법인데, 비교해씨가 우리 집에 처음 놀러 온 기념으로 특별히 알려 주리다. 살림하는 아빠가 만든 강정은 아마 더 맛있을 거요. 허허허허!"

할머니는 기분이 무척 좋은지 큰 소리로 한바탕 웃고 나서는, 강정 만드는 법을 찬찬히 설명하기 시작했다.

비교해씨의 아까운 시간은 이렇게 흘러가고 있었다.

유능여사는 점심시간에 이사님을 따라 나가지 못했다. 물론 그림자가 따라 주지 않아서다. 유능여사는 아까부터 꼼짝 못 하고 자기 책상 앞에만 앉아 있었다. 덕분에 미뤄 놨던 책상 정리를 말끔하게 할 수 있긴 했지만. 사실 그동안 이사님 취향 맞추랴, 맡지도 않은 일까지 처리하랴 쉴 새 없이 바빠서 책상 정리할 겨를도 없었다.

유능여사의 마음 같아서는 그림자가 잘 안 보이는 회사 안에서만이라도 마음대로 돌아다니고 싶었지만, 따로 있는 시간이 쌓인다고 하니 그럴 수도 없는 노릇이었다.

"이거 너무한 거 아닌가요? 내 생활을 엉망으로 만들지 않겠다고 약속했잖아요!"

유능여사는 점심시간이라 텅 비어 있는 사무실에 혼자 앉아서 유능여사 그림자에게 화를 냈다.

"이사님과 점심을 함께 못 하는 게 당신 생활을 망치는 건가요?"

"아니, 그게……."

유능여사가 막 따지려는 찰나에 사무실 직원들이 들어왔다. 그래서 하는 수 없이 하고 싶은 말을 참을 수밖에 없었다.

"어, 부장님! 이사님하고 함께 안 나가셨어요?"

꼬르륵!

유능여사의 배 속에서 난 소리였다. 유능여사는 너무나 부끄러워서 책상 아래로 숨고 싶었다.

"부장님, 아직 식사 안 하셨나 봐요. 잘됐네요, 이리 오셔서 이거 같이 드세요. 오늘은 이런 게 먹고 싶더라고요."

직원들이 둥근 탁자 위에 김밥이며 순대, 떡볶이들을 죽 펼쳐 놓았다. 유능여사의 입에서 군침이 돌았다.

"사무실에서 이런 거 먹으면 안 되는데……."

말은 이렇게 했지만 유능여사는 이미 둥근 탁자 앞에 자리를 잡고 앉은 뒤였다. 물론 그림자가 앞장섰기 때문이다.

"부장님이랑 이렇게 같이 있으니까 이상해요!"

직원들 가운데 한 명이 어색한 듯 웃으며 말했다. 유능여사도 김밥 하나를 입에 넣으며 멋쩍은 듯 웃었다.

얼마 뒤 이사님이 식사를 마치고 돌아왔다. 유능여사는 늘 하던 대로 곧장 이사님 방으로 따라 들어갔다. 이번에는 그림자를 살필 겨를이 없었다.

"이사님, 식사 잘 하셨어요? 오늘 제가 몸이 안

좋아서 이사님을 제대로 모시지 못했습니다. 죄송합니다."

유능여사는 무슨 큰 잘못이라도 저지른 사람처럼 안절부절못했다.

"아, 괜찮아요. 다른 직원들이랑 가까운 식당에서 먹고 왔어요. 그 집 찌개 맛이 일품이던데요?"

이사님의 무덤덤한 대답에 유능여사는 왠지 서운한 마음이 들었다. 그러다가 문득 그림자 생각이 나 서둘러 제자리로 돌아와 앉았다.

"이런, 너무 오랜 시간 그림자와 따로 있었어."

유능여사는, 그새 책상 밑으로 들어와서 흐물흐물 빈둥대고 있는 그림자가 원망스러웠다. 하지만 별 수 없이 책상 앞에 꼼짝없이 앉아 제 할 일을 찾아야 했다.

유능여사의 아까운 시간은 이렇게 흘러가고 있었다.

우아한양은 쉬는 시간에 또다시 거울 앞에 섰다.

"이럴 줄 알았어! 단정하지 못하게 옷깃이 구겨져 있네. 머리는 또 이게 뭐야. 너무 헐거워져 있잖아. 다시 땋아야겠어."

우아한양은 양쪽으로 묶은 리본을 차례로 풀었다. 그러고는 빗으로 정성스럽게 머리를 빗어 내렸다. 한참을 그러고 있다가 기분이 이상해서 발끝을 보니, 그림자가 제멋대로 우아한양의 자리로 가고 있었다. 다행히 다른 사람들 눈에는 잘 안 보이는 것 같았다. 우아한양은 머리를 대충 묶고 그림자를 따라 서둘러 자리에 앉았다.

"난 아직 머리 손질을 끝내지 못했어."

"그 정도면 충분해. 곧 수업 시작이야."

우아한양과 그림자는 아주 작은 소리로 다투었다. 우아한양 앞자리에 앉은 친구가 우아한양을 흘끔 돌아보았다. 우아한양은 모른 척 잔기침을 해 댔다. 앞자리 친구가 고개를 갸웃거리며 다시 돌아앉았다. 우아한양은 신경질이 나서 발로 바닥을 '쿵' 하고 굴렀다.

국어 수업 시간이다. 우아한양이 가장 좋아하는 시를 공부할 차례다. 선생님은 책에 나와 있는 시를 낭송해 볼 사람을 찾았다.

'내가 읽고 싶은데……. 하지만 이런 머리 꼴을 하고 남들 앞에 어떻게 나서겠어? 우아하지 못하게.'

우아한양이 이런 생각으로 투덜대고 있을 때 선생님이 먼저 우아한양을 불렀다.

"우아한양이 시를 잘 읽지? 우아한양!"

우아한양은 울상이 되어 자리에서 일어섰다. 모두 자기의 머리 모양을 보고 수군대는 것만 같았다. 하지만 어쩔 수 없는 일이었다.

우아한양이 침을 꼴깍 삼키며 시를 읽기 시작했다.

행복해진다는 것

헤르만 헤세

인생에 주어진 의무는 다른 아무것도 없다네.

그저 행복하라는 한 가지 의무뿐.

우리는 행복하기 위해 세상에 왔지.

그런데도 그 온갖 도덕 온갖 계명을 갖고서도,

사람들은 그다지 행복하지 못하다네.

그것은 사람들 스스로 행복을 만들지 않는 까닭……

우아한양이 시를 읽는 동안, 교실에는 가끔 연필 굴러가는 소리만 들릴 뿐 매우 조용했다. 덕분에 우아한양의 목소리는 더욱 또렷하게 들렸다.

시를 다 읽은 우아한양이 자리에 조용히 앉았다.

"감정을 살려서 잘 읽었다. 이 시에 푹 빠진 모양이구나. 그래, 아주 좋았어!"

선생님의 칭찬에 우아한양 기분이 조금 나아졌다. 쉬는 시간이 되어 우아한양은 사뿐사뿐 걸어 사물함 쪽으로 갔다. 사물함에서 새로운 시집 한 권을 꺼낸 뒤 거울 앞에 서서 다시 머리를 묶으려고 했지만 우아한양 그림자가 이번엔 멋대로 창가로 움직였다. 우아한양도 어쩔 수 없이 그림자를 따라야 했다. 창가에는 깔깔거리며 웃고 떠드는 친구들이 있었다.

"뭐가 그렇게 웃겨?"

우아한양은 어쩔 수 없이 친구들에게 말을 걸었다. 친구들은 조금 당황했지만 우아한양이 창가에 설 수 있도록 자리를 내어 주었다.

"창밖 좀 봐 봐. 수학 쌤이랑 과학 쌤이 부딪혔는데 둘이 표정이 너무 웃겨!"

우아한양은 팔꿈치에 먼지가 묻는 줄도 모르고 창틀에 팔을 올려놓고 창밖을 내다보았다. 누군가를 훔쳐보는 우아하지 못한 행동을 하는 것도 모자라

친구들과 쓸데없는 수다를 떨며 시간을 허비하다니,
누가 볼까 무서웠다.
  우아한양의 아까운 시간은 이렇게 흘러갔다.

다잘난군은 오늘도 교실 문을 열지 못했고 아침 청소도 하지 못했다. 하지만 여전히 교실 문은 열려 있었고, 아침 청소도 말끔히 되어 있었다. 게시판도 멋지게 꾸며져 있었고, 교탁도 깨끗이 정리돼 있었다.

다잘난군은 아이들과 축구를 하기 위해 운동장으로 나갔다. 물론 다잘난군이 원해서 나간 건 아니다. 오늘은 축구를 할 기분이 아니었다. 하지만 그림자가 아이들을 따라 운동장으로 나가니 따라 나갈 수밖에.

아이들은 축구하는 데에 따라나선 다잘난군을 마뜩잖은 표정으로 바라보았다.

"오늘은 우리끼리 하고 싶은데."

다잘난군이 끼면 축구가 재미없다는 건 누구나 안다. 다잘난 군은 다른 사람에게 패스하는 걸 누구보다 싫어해서 한번 공을 잡으면 엉뚱한 데로 달리기 일쑤다.

"나도 오늘은 별로 하기 싫은데 지금은 축구를 해
야만 해."

참 이상한 말이었지만 아이들은 결국
다잘난군을 또 축구 시합에 끼워 주기로
했다. 괜히 안 끼워 줬다가 선생님께

이를 수도 있으니까. 양 팀 대표가 가위바위보를 해
진 팀으로 다잘난군이 들어갔다.

축구 시합이 시작되었다. 다잘난군은 혹시라도 그
림자와 발이 안 맞을까 봐 부지런히 그림자를 쫓아
다녔다. 그림자는 적당한 때에 빠른 패스를 할 줄 알

앝다. 그림자를 쫓는 다잘난군도 그 훌륭한 패스에 발을 맞출 수밖에 없었다.

어느새 다잘난군과 다잘난군의 그림자, 친구들과 친구들의 그림자들은 한데 어울려 신나게 뛰어놀고 있었다.

아쉽게도 수업 시간이 다 되어 승부는 내지 못한 채 축구 시합이 끝났다.

"야, 다잘난군. 너, 패스 되게 잘하더라. 게다가 엄청 빠르던걸? 우리랑 호흡이 척척 맞더라고!"

함께 축구했던 아이들 가운데 한 명이 다잘난군 어깨를 툭 치며 말했다.

다잘난군은 이마에 송글송글 맺힌 땀을 닦으며 씩 웃었다. 비록 그림자를 쫓느라 정신없었지만 친구들과 함께 공을 나누는 게 나쁘지만은 않았다. 다잘난군은 수돗가에서 세수를 하고 교실로 뛰어들어 갔다.

"다잘난군, 패스 끝내줬어! 내가 너 따라다니느라고 아주 혼났지 뭐야."

다잘난군 그림자가 조그만 소리로 말했다. 다잘난군은 고개를 갸웃했다.

다잘난군의 아까운 시간이 그렇게 흘러갔다.

소풍

한 달째다. 그림자들과의 조정 기간 한 달째.

바빠가족은 휴일인 오늘, 공원에 나와 있다. 집과 가까운 곳에 이렇게 멋진 공원이 있다는 걸, 그림자들이 아니었다면 그들은 아마 평생 알지 못했을 거다.

유능여사가 나무 그늘 아래에 아주 커다란 돗자리를 폈다. 보통 돗자리가 아니다. 우아한양이 평범한 돗자리는 싫다고 돗자리 끝마다 리본을 달아 놓은 바람에 이 세상에서 하나밖에 없는 돗자리가 되

었다.

비교해씨는 집에서 준비해 온 갖가지 음식들과 새로 만든 강정을 돗자리 위에 펼쳐 놓았다.

"짠! 살림하는 아빠표 강정이다. 누구도 흉내 낼 수 없지."

바빠가족은 강정 주위로 동그랗게 둘러앉아 한 입씩 베어 물었다.

"아빠! 정말 맛있어요!"

다잘난군이 양손에 강정을 들고 호들갑스럽게 말했다. 그러다가 실수로 강정을 담은 그릇을 엎어 버렸다. 그러자 비교해씨가 얼른 강정을 그릇에 주워 담았다.

"죄송해요."

다잘난군이 울상이 되어 말했다.

"괜찮아, 그래도 맛은 변하지 않으니까."

비교해씨는 주워 담은 강정을 다시 내놓았다. 그

러고는 강정 한 개를 집어 한입에 쏙 넣으며,

"내가 만든 강정이지만 끝내주게 맛있네! 하하하
하!"
하고 웃었다.

바빠가족은 정답게 둘러앉아 이런저런 얘기를 나
누며 휴일 오후 한때를 보내고 있다.

"우아한양, 바람 때문에 네 머리가 많이 헝클어졌
구나. 머리를 묶지 그러니?"

"어쩌죠? 돗자리 꾸미느라고 정신이 없어서, 머리
묶는 리본을 안 가져왔어요. 아, 다잘난군! 네 모자
좀 쓰고 있을게."

"다잘난군은 이번에도 영어 말하기 대회에 나가
냐?"

"아니요, 저는 그날 중요한 축구 시합이 있어서
안 나가기로 했어요."

따르르르릉!

"여보세요? 아, 이사님! 접니다. 이번 주 화요일 저녁이요? 그날은 우리 팀 직원들이랑 매장 답사하러 가야 돼서 시간이 좀 곤란한데……. 네, 알겠습니다. 내일 뵐게요."

"다잘난군, 지난번에 너 처음으로 골 넣은 얘기 좀 다시 해 봐. 그 얘긴 여러 번 들어도 재밌더라."

"또 하라고? 싫어. 대신 다른 얘기 해 줄게. 있잖아, 그게……."

다잘난군은 어제 있었던 축구 시합 이야기를 하느라 입안에 가득 든 강정이 튀어나오는 줄도 몰랐다.

"야! 입에 있는 거 다 먹고 얘기해. 우아하지 못하게!"

우아한양이 눈을 흘겼다. 하지만 곧,

"그래서 어떻게 됐는데?"

하고 물었다. 그래서 다잘난군의 축구 얘기는 계속됐다.

이제 바빠가족은 안 바빠지게 됐다. 이게 다 조정 기간 내내 그림자들을 따라 한 덕분이다.

아니, 솔직히 말하자면 지금은 바빠가족이 그림자를 따라 하는 건지, 그림자가 바빠가족을 따라 하는 건지 잘 모르겠다.

즐거운시 행복구 여유로 82번길 가장 끝 집에 사는 이들은, 생긴 모습도 보통 사람들과 다를 게 없고

사는 방법도 그다지 특별할 게 없다.

그래도 굳이 남들과 다른 점을 찾으라면, 글쎄…….

그림자들과 한바탕 소동을 겪고 나서야 비로소, 행복해지는 방법을 알게 됐다는 것 정도랄까?

'바빠가족'이 처음 나온 해가 2006년이에요. 출간된 지 거의 20년이 다 된 셈이죠.

그러니 그동안 얼마나 많은 것들이 변했을까요? 출판사에서 '바빠가족'을 요즘 시대에 맞게 고쳐 보는 게 어떠냐고 했을 때 흔쾌히 그러겠다고 한 이유예요.

'바빠가족'을 찬찬히 다시 읽어 봤어요. 그때는 많이 사용했지만 요즘은 그렇지 않은 말들도 여럿 보였고, 그때는 그렇게 썼지만 지금이라면 다른 방식으로 썼을 법한 내용도 눈에 띄었어요. 하지만 이런 부분들은 아주 소소한 것들이라 다시 쓰는 것이 그렇게 어렵진 않았어요. 다만 글을 고쳐 쓰는 내내 씁쓸한 마음이 들었는데 그 까닭은 정작 변해야 할 것이 변하지 않았기 때문이에요. 그건 바로 20년 전이나 지금이나 사람들은 여전히 '바쁘다'는 거예요. 특히 어린이들이요.

아마도 그때는 이렇게 생각하며 글을 썼을 거예요.

'우리 어린이들이 지금은 제대로 뛰어놀 시간도 없이 바쁘지만, 먼 훗날엔 세상이 많이 바뀌어서 신나게 노느라 바쁘게 될 거야.'

하지만 모두 알다시피 요즘 어린이들은 엉뚱한 일들로 더욱 바빠졌어요. 2년, 3년치 공부를 미리 당겨서 하느라 책 읽을 시간도, 뛰어놀 시간도, 잠 잘 시간도 부족할 정도로 바빠진 거죠. 어른들이 바쁜 건 어른들 몫이라지만 어린이들이 바쁜 건 분명히 어른들 잘못이에요.

예전에 어느 책에서 '극장 효과'라는 표현을 읽은 기억이 나요. 극장에서 연극을 볼 때 앞사람이 일어서서 보면 뒷사람도 어쩔 수 없이 일어서서 봐야 한다는 거예요. 그렇지 않으면 앞사람 때문에 뒷사람은 연극을 제대로 볼 수 없으니까요.

우리는 어쩌면 다들 일어서 있는지도 몰라요. 앞사람이 서 있으니 나도 어쩔 수 없이 일어선 거라고 말할 수 있지만 뒷사람은 나 때문에 일어서 있는걸요. 누군가에겐 내가 앞사람이에요. 내가 먼저 앉아야 뒷사람도 따라 앉고, 앞사람에게도 옆 사람에게도 앉아 보라고 권유할 수 있을 거예요.

비교해씨, 유능여사, 우아한양, 다잘난군 모두 서 있는 사람들이에요.

비교해씨는 끊임없이 다른 누군가와 비교하느라 앉을 틈이 없고, 유능여사는 남들보다 성공해야 하니 앉을 틈이 없고, 우아한양은 다른 사람에게 어찌 보일까 신경 쓰느라 앉을 틈이 없고, 다잘난군은 무엇이든 남들보다 먼저 해야 하니 앉을 틈이 없어요.

아, 그러고 보니 네 사람 모두 '다른 사람'들 때문에 서 있는 거군요. 아마도 '다른 사람'으로부터 자유로워질 때 비로소 우리는 앉을 수 있나 봅니다.

20년이 지난 지금 저는 열한 살 딸아이의 엄마가 되었어요. 처음 쓴 작가의 말에서 다짐했던 것처럼 아이가 '멍하게' 있다고 야단치지 않으려고, 서 있는 사람들과 비교하며 너도 일어서라고 다그치치 않으려고 노력하고 있어요. 무엇보다 내가 먼저 앉아 보려고 부단히 애쓰고 있습니다. 그런데 솔직히 말하면 나도 언젠가 슬금슬금 일어서게 되는 거 아닌가 걱정이 되긴 됩니다.

2024년 12월 오클랜드에서

동화작가 **강정연**

작가의 말

행복한 게으름뱅이 되기

"야, 너 왜 그렇게 멍하게 있니? 학원은 다녀왔어?"

"네."

"숙제는 다 했어?"

"네."

"영어 테이프는 들었어?"

"네."

"학교 갈 준비도 다 했어?"

"네."

"할 거 없으면 책이라도 읽어. 그렇게 멍하게 있지 말고."

아이가 모처럼 '아무것도' 하지 않아도 돼서 그냥 '멍하게' 있으면, 어른들은 종종 이렇게 말한다.

할 거 없을 때 해야 할 일은 없다.

책은 할 거 없을 때 읽는 게 아니라 읽고 싶을 때 읽는 거다. 할 거 없을 때는 그냥, 하고 싶은 걸 하면 된다.

아이들은 '멍하게' 있는 동안 기막힌 상상을 하고 있을지도, 심각한 고민을 하고 있을지도 모른다. 그 조그만 머릿속에서 어떤 일들이 일어나고 있는지는 아이가 말하지 않는 이상 알 길이 없다.

한가한 걸 못 봐주는 우리 어른들 때문에, 놀고 상상하느라 바빠야 할 아이들이 엉뚱한 일로 바쁘기 일쑤다.

나는 나중에 엄마가 되면 아이가 '멍하게' 있다고 야단치지 않을 거다. 절대로!

그 대신, 아이에게 다정스레 물어봐야지.

"지금 무슨 생각 해?"

사람들은 바쁘지 않으면 불안해한다.

'나는 왜 안 바쁠까? 내가 무능력해서일까? 이렇게 빈둥대면 남들이 날 한심하게 보지 않을까? 이러다가 남들보다 뒤처지면 어쩌지? 그래, 뭐라도 하자!'

뭔가 하고 있지 않았다간 '게으르고 무능력한 인간'이라는 딱지가 붙기 십상이다.

그래서 사람들은 곧잘 바쁜 척한다.

그런데 정말, 안 바쁘면 안 되나?

바빠가족.

바빠가족은 바쁘다.

유능한씨는 성공을 위해 높은 사람에게 아부하느라 바쁘고,

깔끔여사는 칭찬받는 주부가 되기 위해 깔끔 떠느라 바쁘고,

우아한양은 예뻐지기 위해 멋 부리느라 바쁘고,

다잘난군은 잘나 보이고 싶어 여기저기에 나서느라 바쁘다.

바빠가족은 가족 얼굴도 못 알아볼 정도로 바쁘다.

그래서 바빠가족은 외롭다.

집에서도 외롭고, 밖에서도 외롭다.

이런 바빠가족이 어느 날부터 안 바빠지게 되었다.

김 부장님의 사랑을 덜 받으면 좀 어떻고,

접시에 얼룩이 있으면 좀 어떻고,

머리가 약간 헝클어지면 좀 어떻고,

영어 말하기 대회에 못 나가면 좀 어떠랴.

그 덕에 친구가 생기고, 이웃이 생기고, 가족이 생겼는
데······.
그래서 행복한 게으름을 피울 줄 알게 되었는데······.
바빠가족은 이제, 행복한 게으름뱅이들이다.

2006년 5월
행복한 게으름뱅이가 되고 싶은 봄날에

강정연

욕심······
나에게도 '비읍'이나 '리 보츠' 같은 팬이 생겼으면 좋겠다.

고마움······
내가 하고 싶은 일에 열정을 쏟게끔
도와주는 모든 이들에게 고마움을 전한다.

바빠 가족

강정연 글 | 정진희 그림

초판   1쇄 발행 | 2006년 5월 20일
개정판   1쇄 발행 | 2011년 6월 30일
제2개정판 1쇄 발행 | 2024년 12월 31일
펴낸이 | 최윤정
만든이 | 김민령 안의진 유수진
디자인 | 이아진
펴낸곳 | 바람의아이들
등록 | 2003년 7월 11일(제312-2003-38호)
주소 | 03035 서울특별시 종로구 필운대로 116 (신교동) 신우빌딩 501호
전화 | (02)3142-0495 팩스 | (02)3142-0494
이메일 | barambooks@daum.net
제조국 | 한국
구독 연령 | 8세 이상

ISBN 979-11-6210-239-8 74800
      978-89-90878-15-1(세트)